U0165426

游朝凱

對不起、
請、謝謝你
Sorry
Please
Thank you

游朝凱 **CHARLES YU** 著

彭臨桂 譯

各界讚譽

游朝凱擅長將生活中的困境科幻化，讓奇想與荒謬成為宣洩和理解的出入口，彷彿夢境卻有洗滌神智的功效。精煉的文字像是宣言、守則、或是說明書，帶點卓別林默劇般的趣味，格外細緻且機鋒處處。有人或可悟出其中哲理，我則喜歡藉其反觀日常自我，點滴在心頭。

——冬陽（復興電台「故事與它們的產地」節目主持人）

一部結合古典科幻，浪漫奇想，以及個人世界觀的幽默之作。

——但唐謨（影評人、自由寫作）

進入游朝凱構築的科幻宇宙，即使我預料到也明白自己要面對的是什麼，卻還是讓它滲透，而它一旦打開心房，就會徹底深入，補滿那些日常失落形成的孔洞。

——陶曉嫚（作家）

《對不起、請、謝謝你》是臺裔美國作家游朝凱在二○二○年以《內景唐人街》榮獲美國全國圖書獎之前，所出版的第二本短篇小說集。全書收錄十三篇作品，分為「對不起」、「請」、「謝謝你」與「以上皆是」四部分，長短不一，題材迥異，文筆洗練，創意驚人，善用後設小說手法，跨越多種類型，結合科幻、哲學、喜劇、諷刺、黑色幽默與超現實主義，運用平行宇宙、時間旅行與人工智慧等元素，模糊現實與虛構的界線，藉此觀察並反思個人存在、身分認同、疏離異化等現象。作者展現不凡的想像力，運用未來主義與超現實情節，在科幻框架內探索人類處境與自我價值，喚起讀者的省察與共感，奇思異想，令人嘆服。

——單德興（中央研究院歐美研究所特聘研究員）

書中有著強納森・列瑟（Johnathan Lethem）的慧黠巧思、一些寇特・馮內果（Kurt Vonnegut）的無奈悲傷、及菲利普・狄克（Philip Dick）對於消費文化的偏執懷疑。然而游朝凱的語氣、善感和敘事手法卻是獨一無二的。這些故事帶來的不僅是苦澀的笑意和哲學難題，更是存在主義式的內心衝擊。

——《舊金山紀事報》（*San Francisco Chronicle*）

精彩而真誠，一趟引人入勝的瘋狂旅程！游朝凱天賦異稟，能夠透過整齊精簡的散文，描述不存在或不可能的事物機制。

——《華爾街日報》（*The Wall Street Journal*）

對心靈與大腦都是絕佳的閱讀體驗。

——全美公共廣播電台（NPR）《萬事皆曉》

（*All Things Considered*）節目

極富娛樂性！就像突然造訪的朋友分享了一堆奇妙故事，讓我哈哈大笑——立刻也去訂購了一本。

——《連線》（*Wired*）雜誌之「極客老爸」（Geek Dad）

在現代小說結構中巧妙安排了奇異的笑點……這本極具獨創性的選集讓我們想起了大衛・福斯特・華萊士（David Foster Wallace）早期的故事集《頭髮奇特的女孩》（*Girl with the Curious Hair*）。游朝凱就如同華萊士，捨棄了過去四十年來較為重視自我且狹隘的後設小

說，採用了更加新穎的形式。

——《貼》（Paste）雜誌

上乘之作！用這本書來度過週末吧。

——《波士頓鳳凰報》（The Boston Phoenix）

游朝凱於一連串短篇故事中運用了他的特色：俏皮且融入流行文化的科幻思維，既高明又尖銳。

——《風味線》（Flavorwire）雜誌

游朝凱是菲利普・狄克與雷・布萊伯利（Ray Bradbury）在網路時代的接班人。

——《書架通報》（Shelf Awareness）雜誌

游朝凱在本書擺脫了寫實主義的枷鎖……他帶著如同迎接暑假到來般小學生似的喜悅，在各個敘事方向上全面起飛。

——《奧斯汀美國政治家》（Austin American-Statesman）

身為讀者，我們很幸運能看到游朝凱混合了瘋狂想像與

嚴謹冷靜的驚人之作。

——《洛杉磯書評》（ *Los Angeles Review of Books* ）

正如迪亞茲（Diaz）與桑德斯（Saunders）——《對不起、請、謝謝你》證明了游朝凱是文壇的重要人物。

——《洋蔥報》（ *The Onion* ），影音俱樂部（ A. V. Club ）

結合了幽默與巧妙的奇想，再搭配完美的冷面笑匠手法……尖銳、俐落的見解會讓你一邊輕笑一邊搖頭。

——《洛杉磯時報》（ *Los Angeles Times* ）

極度機智……NBC喜劇《廢柴聯盟》（ *Community* ）的死忠粉絲，這本書很適合你們。

——《波士頓環球報》（ *The Boston Globe* ）

自喬治·桑德斯以來，我找不到比游朝凱更擅長創新故事體裁的作家了……若以更長遠的視角來看，他的成功與多位文壇巨匠緊密相關：從經常引用的葛楚·史坦（ Gertrude Stein ）、海明威、貝克特（ Samuel Beckett ）的語調，到維吉尼亞·吳爾芙（ Virginia Woolf ）的短篇

作品，再到卡爾維諾（Italo Calvino）的嚴謹與幻想，以及寇特·馮內果那低調有力的諷刺……這是一部精彩絕倫的作品。

——艾倫·喬斯（Alan Cheuse），全美公共廣播電台（NPR）

游朝凱那充滿藝術感的文筆，令人想起電腦時代的唐納德·巴塞爾姆（Donald Barthelme），但他探索人類浩瀚心靈宇宙的風格卻獨具一格，令人耳目一新。

——《書單》（Booklist）雜誌

游朝凱駕馭不同角色的能力，令人嘆為觀止……對於不介意文風多變的讀者來說，閱讀他的作品將是一場令人興奮的冒險。

——《圖書館雜誌》（Library Journal）

本書雖然不是以傳統的方式敘事，但效果極為驚人。雖然是以實驗文學的形式呈現，卻能與傳統敘事旗鼓相當，甚至能傳遞出更強烈的情感。

——《詩人和作家》（Poets and Writers）雜誌

令人印象深刻！涵蓋了多種題材，從商場裡的殭屍到影響人生的新型藥物，探討了對於現實與情感退縮的種種情況，以幽默的方式諷刺了美國的消費文化。

——《出版者週刊》（*Publishers Weekly*）

寫 給 臺 灣 讀 者 們

　　我很榮幸、也很高興能為《對不起、請、謝謝你》的繁體中文版寫序。感謝潮浪文化負責出版此書的超棒團隊〔他們也出版了我之前另一本選集《三流超級英雄》（ *Third Class Superhero* ）〕。

　　這本選集裡的故事創作歷時數年，大約是從二〇〇八年開始撰寫。當時我還是個律師，而你們也會在閱讀這些故事時發覺，我幾乎只想著工作的事。你們也會看到幾個似乎頻繁出現在我小說中的主題：家庭、我們所扮演的角色、真實性，以及對於真實的質疑。

　　我特別高興能跟臺灣讀者分享這些故事，理由有二。首先，對於已經熟悉我作品的人而言，這些故事是《三流超級英雄》（我的第一本書）的延伸與進化。我很期待、也很好奇地想知道，讀過先前那本選集的讀者是否會在本書中聽見類似的聲音，看出相仿之處，但也注意到其中的差異。

其次，短篇故事是向新讀者介紹作者的絕佳方式。我希望臺灣還不熟悉我作品的讀者可以趁此瀏覽一下內容，如果喜歡，還可以繼續讀讀其他作品！

　　無論你是哪種讀者，當你拿起這本書讀著這篇序，表示你有興趣、也願意花時間閱讀本書，我對此十分感激。希望你會喜歡！

　　　　　　　　　　　　　　　　　　　　游朝凱
　　　　　　　　　　　　　　　　　　　　加州爾灣

獻給凱爾文（Kelvin）

嘿，老兄。

人類並非獨自生活於客觀世界中……但幾乎完全受到成為社會表達媒介之特定語言的宰制……事實上，有很大一部分「現實世界」是群體的語言習慣在無意間建立起來的。從來就沒有兩種語言能相近到足以再現同一套社會現實。

——愛德華・薩皮爾（Edward Sapir）

我們會依據自身母語所營造的脈絡剖析自然。

——班傑明・李・沃爾夫（Benjamin Lee Whorf）

對不起。

——來源不明

目次

Sorry Sorry Sorry Sorry
Sorry Sorry Sorry Sorry
Sorry Sorry Sorry Sorry
Sorry Sorry Sorry Sorry
Sorry Sorry Sorry Sorry
Sorry Sorry Sorry Sorry
Sorry Sorry Sorry Sorry
Sorry Sorry Sorry Sorry
Sorry Sorry Sorry Sorry
Sorry Sorry Sorry Sorry
Sorry Sorry Sorry Sorry
Sorry Sorry Sorry Sorry
Sorry Sorry Sorry Sorry

Sorry

☑ 對不起

＼＼ 標準寂寞套裝

根管治療約一百五十美元，費用取決於誰替你施作。偏頭痛要兩百美元。

收錢的不是我。是公司。我的時薪是十二美元，也可以報公帳買止痛藥。不過吃了也沒什麼用。

我靠感受痛苦賺錢。其他人的痛苦。身體的、情感的，你能想到的都有。

痛苦是一種幻覺，我知道，時間也是，我知道、我知道。我知道。值班經理總是不斷提醒我們。說實話，知道也於事無補。尤其是你的腳在一天中斷了第三次的時候。

□

上班才遲到三分鐘，我的收件匣裡就已經有九張工單。我閉起眼睛深吸一口氣，打開早上的第一張單子：

我在一場葬禮上。

感覺很悲傷。

別人的悲傷。我就像穿上陌生人的外套，還能感受到另一副身軀的餘溫。

我湧起一股複雜的感受。

大部分是悲傷，但我也察覺到些許的罪惡感。通常都會有。

我看見哭泣的臉孔。漂亮的臉孔。哭泣、漂亮、白人的臉孔。有質感的衣物。

我們的服務不便宜。值班經理也經常提醒我們這一點。*需要我提醒嗎？*這是他近來最愛講的話。他每次都在走道上徘徊，把頭探進我們的小隔間裡這麼說。他會說，*需要我提醒嗎，知道我們位在光譜的哪一端嗎？*低端或高端？我們正穩穩地站在高端那一頭。所以他們大多長相俊美，衣服大多很有質感。個性也大多很好。不過我想，那麼有錢又長相俊美的人，個性很好似乎也沒什麼了不起。

在海德拉巴（Hyderabad）某處也有同樣的服務，可是價格稍微低了一些。那裡叫**精確生活公司**。當然，邦加羅爾（Bangalore）還有好幾百家情緒工程公司，如

雨後春筍般四處湧現。前幾天我在報紙上讀到，每三週就有一家新的客服中心開業。求職者跟著工作機會走，而機會遍布這個產業。我們全都準備好去感覺、去受苦了。我們正處於成長型產業。

好了。遺體現在要入土了。哭得越來越厲害了。

來了。

我感受到那種感覺了。每當葬禮快結束時，這些人通常會湧上這種感覺。這些悲傷又俊美的人。感覺很強烈。每位操作員的形容都不一樣。對我來說，那種感覺有點像一隻大靴子。大到彷彿填滿了整片天空、整個銀河系、所有空間。像一隻無限大的腳。而它正踩著我。那隻無限大的腳正踩在我胸口。

葬禮結束後，那隻腳還踩著我，讓我難以呼吸。人們紛紛回到豪華轎車上。我好像也有一輛豪華轎車。我上了車。那隻腳、那隻腳。好沉重。來了，沒錯，這種感覺很熟悉，那隻腳，對，就是那隻腳。確切來說，那並不痛。雖然稱不上舒服，但也不算痛。比較像是壓力。有一次，隔壁隔間的迪帕克告訴我，我所謂的無限大腳——對他而言比較像膝蓋——就像是美國人感受到了耶穌基督。

「你確定是基督教嗎？」我問他。「我一直以為耶穌屬於猶太教。」

　　「你這個白痴，」他說：「都是同一個傢伙啦。廢話。猶太－基督教的神。」

　　「你確定嗎？」我說。

　　他只是對我搖搖頭。我們以前就談過這件事了。我猜他是對的，但我不想承認。迪帕克是我們這一區最聰明的人，而他每天也會好心提醒我這個事實好幾次。

　　我又忍受了那隻腳幾分鐘，就在時間到之前，就在我快要無法承受悲傷與罪惡感，想著是否得按下安全鈕的時候，那種感覺出現了：無論情況有多糟，無論我哭得多慘，無論客戶累積了多少罪惡感給我，這種感覺通常會在葬禮的尾聲出現。你無法預料——我就預料不到——可是你只要在這個職位待得夠久，就會明白我在說什麼，而且即使你知道它會發生，甚至你等著它發生，當它出現時，你還是會感到衝擊。

　　解脫。

　　　　　　　　□

親戚死亡是五百美元。兄弟姊妹死亡是一千兩百五十美元。父母則是一人兩千美元，不過人們會為了各種情況買單，他們有各式各樣的理由，有很差勁的理由，或者根本沒有理由。

這家公司最初只提供普通的服務，也就是最基本的東西：轉移道德不安、合理推諉[1]。這種服務能產生良好的現金流，現金流又直接投回研發，年復一年，小公司變成了小角色，又變成了不小的角色，最後成為專業市場的龍頭。早年這裡原本叫**良心公司**，在轉移罪惡感這方面壟斷了早期的市場。

後來，技術進步了。某個天才在德里（Delhi）構思出一種傳輸協定，可以將各種不同的經歷標準化及封包化。一個產業誕生了。解決不良情緒的生意。只要你能提出合適的價碼，幾乎可以躲開生命中任何想逃避的時光。

□

我偶爾會去公司對面的美食街吃午餐。說實在的，那裡沒有什麼，就只是一個又熱又擠的小空間，油膩的

櫃檯前擺著幾張凳子。我來這裡，主要是為了收銀機上方架子的那台小電視。有衛星訊號。

今天他們切換到了美國電視台，我看見了公司刊登的廣告。

畫面上的人一看就是個有錢的主管，正坐著搓揉自己的太陽穴，擺出一副標準的上電視神情，彷彿在說**我是一位壓力很大的主管**。他兩側的太陽穴隱隱跳動著，表示這位主管真的壓力很大！接著他打電話給經紀人，場景變成了主管躺在海灘上，一邊喝著一瓶金色啤酒，一邊欣賞我所見過最蔚藍的海洋。

我隔壁是一對母女。女孩大約四、五歲，正小口小口地挖著米飯和豌豆吃。她安靜地看著廣告。看見大海時，她轉頭輕聲問母親那些藍色的液體是什麼。當時我心想，太可憐了，竟然沒見過那種顏色的水，後來我才意識到自己已經三十九歲，而你知道嗎？我也沒見過。

接著廣告以我們的一句口號結尾。

覺得日子很難受？

讓別人替你度過。

□

廣告中提到的「別人」就是我。還有在D大樓第四隔間區的其他六百位終端操作員。覺得日子很難受？讓我來替你度過。

我還可以接受。這是份好工作。畢竟我在學校的表現平平。小迪就更辛苦了。他在技術學院念了三個學期。他總是說自己值得更好的生活。總之比現在更好。我會點頭附和他，但想告訴他的話卻總是難以啟齒，那就是：嘿，迪帕克，你說你值得更好的生活，雖然我會附和你，但你也有點像在暗示我，彷彿我不值得更好的生活，或許我真的不值得，或許從整體上來說，從我身而為人的價值來看，這裡大概就是最適合我的地方，不過我希望你別這麼說，因為每當你這樣講，我就會感覺到一陣尖銳的悲傷，在接下來一整天感到自己很差勁。

每次小迪跟我去吃午餐時，他都會試著向我解釋技術的運作原理。

「好，所以呢，」他會這麼說：「委託人會撥電話給客戶代表預約時間。」

他喜歡在句子開頭說「好，所以呢」。這是他從工程師那裡學來的習慣。他覺得這樣能讓自己聽起來更聰明，但這只讓他聽起來更像那些寫程式的人，他們會站

在咖啡機旁，以他來不及消化的語速交談，與其說他們用句子交流，不如說是用資料結構對話——在結構緊密的邏輯泥塊中，偶爾摻雜著一兩個圈內笑話。他喜歡站在工程師附近，一邊假裝攪拌咖啡裡的糖，一邊偷聽，彷彿對方正說著另一種語言。那是通曉某種知識的語言，是專精某件事物的語言。一種不只是以小時為單位的語言。

好，所以呢，迪帕克說，這就是運作原理。委託人預約好時間後，到了指定時刻，植入式晶片裡的開關就會啟動，開始將意識傳輸過來。知覺、感覺資料、一切的一切。內容會先進入一個中間伺服器，在那裡與其他工序組合後，弄成一大團東西傳來這裡，載入我們的伺服器，再丟進佇列管理系統，最後將工作分配給隔間裡的我們。

好，所以呢，這一切的基礎就是某種高效的演算法——我們的過往表現、我們當下的情緒負荷量。我們大腦部件裡的感應器能測量壓力程度、汗水成分，藉此判斷我們能夠承受多少。懂嗎？他會在最後這麼說。就像一位教授。他非常想成為某方面的專家。

我一直很感激迪帕克試圖幫助我理解這一切。不過

我認為這就只是一份工作。我也一直不太明白，為什麼小迪這麼喜歡那些程式設計師。說到底，我們都是靠腦袋賺錢。出租心理空間，暫時成為商品。他們將這件事變成了科學。一個人能夠在十二小時的輪班制中承受多少。悲傷、難堪、羞辱，當然各不相同，因此他們會校準我們的進度表，混和時間與順序，結果就是每天下班時，你大概都處在崩潰邊緣。過去我經常以抽菸緩和情緒，但我在十二年前就戒菸了，所以有時回到家，身體仍然會微微顫抖。我會坐在沙發上喝點啤酒，讓自己慢慢平靜下來。接著加熱麵包跟小扁豆，再看個報紙，要是家裡太熱待不住，我就會下樓走走，在街上一邊吃晚餐，一邊看著人來人往，好奇他們要去哪裡，心想是否有人在等著他們回家。

□

隔天早上進辦公室時，我發現有個女人坐在對面的隔間。她很年輕，至少肯定比我小幾歲，看起來剛從學校畢業。她的面前擺著新進人員工具組，正讀著實習手冊。我想過去打個招呼，但開什麼玩笑，我還是我，因

此我什麼也沒說。

我今天的第一張單子，是個臨終的場景。臨終的情況並不罕見。這種情境很難安排時間——我們要求委託人至少要提前二十四小時預約，但他們通常無法那麼早就知道病重的深愛之人會離開。然而這次並非常見的臨終場景。這次是拔管。

他們今天上午要替爺爺拔管。

我打開工單。

我正握著爺爺的手。

我哭了。

他用盡最後一絲力氣緊握我的手。接著他的手就鬆開了。

我哭了，我真的哭了。我的意思是，哭的不只是委託人，我自己也哭了。這偶爾會發生。我不太清楚原因。也許因為他是某人的爺爺。而且他看起來是個好爺爺，是個好人。也許是因為他手臂落在病床護欄上的方式，並沒有特別戲劇化或令人感到痛心。就只是他身體的一部分咚一聲撞上了金屬。也許是因為我隱約覺得，當爺爺最後一次看著他的孫子，望進他的眼睛，試圖在眼神中找到他時，結果不但沒找著，反倒發現了我，他

明白了這一切，甚至看起來也不生氣。只是很傷心。

□

　　我在葬禮上。

　　我在一張牙醫椅上。

　　我跟某人的丈夫躺在汽車旅館床上，滿懷罪惡感。

　　我正要辭職。這很常見。委託人想要逃避離職時的尷尬情緒，所以會預約時間，再走進老闆辦公室表示要辭掉這份該死的工作，而在老闆開口回應之前，就會啟動開關，換我被數落一頓。

　　我在醫院。

　　我的肺部像火燒。

　　我很心痛。

　　我在橋上。

　　我在橋上心痛。

　　我在遊輪上心痛。

　　我在夜間起飛的班機上心痛。

　　有些人對我們的工作有微詞。就個人而言，我看不出哪裡有問題。想讓自己心安理得就按一。害怕死亡就

按二。意識就跟其他事物一樣。我敢說，只要有人找到販售時間的方法，你也會看到相關的資訊型廣告。

我在葬禮上。

我親近的某人罹癌去世了。

我有一種混沌不明的感覺。

我在葬禮上。

我在葬禮上。

我在葬禮上。

今天的十二小時內，我處理了十七張單子。有十張是半小時的，另外七張都是一小時。

離開時，我聽見有人在隔間裡嚎啕大哭，咬牙切齒。他瀕臨崩潰了。迪帕克也時常這樣。我每次都告訴他，嘿，老兄，你得看開一點。一點就好。別受到太多影響。

我探頭想看看能不能偷瞄那個新來的女人，可是她正在處理業務。她似乎正在受苦。她發現我注視著她。我看向自己的腳，拖著步伐離開了。

□

以前，這份工作並不是只有痛苦。富有的美國男人會將生活中的煩心事外包。他們的預約以小時或天為單位，又或者是其他計算單位，可是無論在多糟糕的日子裡，也總有稍稍好點的時刻。或許只是無聊。甚至可能還不錯。例如，有個人約了大腸鏡檢查，因此僱用我們兩個小時，不過在術前八分鐘，他只是坐在等候室裡閱讀雜誌、吹著冷氣，欣賞某人的腿。或者做其他事。總之，這整個過程我們都已經經歷過了，所以工作的某段期間可能會很無聊，可能不好也不壞，甚至偶爾還挺有趣的。

　　不過由於技術的進步，封包軟體變得更加完善，可以過濾並收集那些區間。那些片段、那些額外的東西、那些生活中剩餘的部分，全都被演算法剪下壓碎，重新製作成某種生活厚片，就像一塊生活麵包。用一點一滴的無聊製造出的冷切肉。他們會加工那些厚片，當成包裝好的生活販售。

　　在回家路上的二手商店就有這種東西，我已經留意一段時間了。雖然不盡理想，但也算值得努力的目標。

　　所以，現在幾乎只剩下純粹的壞事了。唯一還值得期待的，是在糟糕透頂的日子裡，偶爾會摻雜一些沒那

麼糟的事。例如在葬禮中獲得了換班空檔，或是遇到非常虔誠的客戶，不只虔誠，還具有真正的信仰，再加上悲傷與失落感，你就會獲得其他東西、就能嘗試不同的味道——這取決於信仰者。你的胸口會被大腳踩住，或者你的後腦勺會著火，那是一種寒冷、令人發癢的火。你會明白那種感覺：你死去的愛人，你死去的母親、父親、兄弟姊妹，全都站在你面前，跟宇宙一樣高，他們都有無限大的腳，他們的頭上都有明亮猛烈的冰凍之火在燃燒。你會感覺自己正在一間房裡，同時房間也在你的體內，那個房間就是全世界，你也是。

□

隔天也差不多。十一張單子。那天最慘的是，我要向丈夫坦承去年跟教練有一腿。我們結婚的第一年。我得跟他面對面，看著他試圖保持鎮定。在各式各樣的工單中，這種是最糟糕的。心碎。剛開始從事這份工作時，我還以為最難熬的是身體的痛楚。結果不是。最難熬的是這種。我得待在這裡，面對這個迎來人生最低潮的男人，看著他試圖保持鎮定。我得待在這裡，感受對

他做了這件事的女人有什麼感覺。接著世界會閃爍兩下，我的視野中只有一片藍，轉眼間我就坐在電腦螢幕前，三明治推車也在我的隔間外。

於是我吃了午餐。

□

午餐之後，我在走道上跟她擦身而過。那個新來的女人。她的名牌上寫著吉爾希。這次她沒看我。

□

下班回家路上，我決定順道去那間二手商店查看一下我的人生。

嚴格來說，那不是我的人生。還不是。那是我想要的人生，是我一直存錢想得到的人生。不是**夢想人生**®，不是最頂級的型號，只是入門款，但品質很好。擁有達標的可能性。低波動。一位心地善良、頭髮美麗的妻子，零點三五個孩子，這並不是實際值，因為保證擁有孩子太過昂貴，不過確實有百分之三十五的機率

獲得孩子。預期壽命正常，健康狀況普通，快樂總量中等。我試用過一次，感覺很棒。非常適合。

我不知道。我盡量不去想自己有多麼可憐。我只是覺得，一切或許還有其他可能。

儘管如此，我已經過得比某些人好了。我的意思是，雖然我日復一日將人生出租，但我還沒把它賣掉。我也不打算這麼做。我要買進來，而不是賣出去。我想要生活，而不是生存，我渴望擁有人生，就算只是零碎的片刻，就算那不是現在最棒的產品，就算那比較像是人生的替代品。我仍舊渴望擁有。

我才不會像父親一樣——他在十一月某個寒冷晴朗的下午出賣了自己的人生。當時他三十歲。隔天就是我的四歲生日。

我們拜訪了經紀商。那裡感覺像氣氛比較友善的銀行。父親本來把我扛在肩上，但一進去，他就將我放了下來。到處都是深色的木頭，還有鮮豔的花與古典樂。我們被帶到一張桌子前，接著有個打理整齊、穿著褲裝的女人問我們想不想喝點什麼。父親沒說話，只是盯著遠處的牆面。我記得母親替父親要了一杯茶。

我不想賣掉我的人生。我還沒準備好那麼做。於是

我一點一滴地賣。勉強度日。按小時出售。痛苦、悲傷、恐懼、更糟的情緒。或者只是輕微不適。社交焦慮。無聊。

□

我四處打聽關於吉爾希的情報。人們會談論。男人會談論。尤其是已婚男子。聊得最熱絡的就是他們。

我又在走道上與她擦身而過，這次她也沒看我。不意外。女人從來就不會看我。我既不英俊也不高。可是我人很好。

我想這就是她們不看我的真正原因。我指的是人很好這件事，而不是我既不英俊也不高。她們看得出我人很好，可是會本能地忽視男人的這種特質。個性好是什麼？個性好的男人有什麼用？對女人沒好處。對其他男人也沒好處。

她不看我，但是我覺得——也可能是我的希望或想像——她不看我的方式有點特別。她感覺像刻意不看我。而從她不看我的方式來判斷，我很清楚她知道我也試著不看她。我們兩個人都不看對方。然而，她不看我

的方式有些不同。這是我長久以來第一次擁有希望。

□

　我在葬禮上。又來了。

　我切換成綠色。

　你可以切換成綠色，或是紅色。

　你可以到對方那裡，也可以只接收對方的感受。

　這項改善其實對我們有幫助。頭戴式裝置上有一個撥動開關。撥到綠色，畫面就會顯示委託人的視野。對方看到什麼，你就看到什麼。撥到紅色，你還是會經歷所有的感受，不過你可以看到自己眼前的一切。

　你想做什麼都行，別離開隔間就好。有些人只是盯著隔板牆看。有些人在電腦上玩接龍。有些人甚至會跟隔壁同事聊天，但公司強烈建議別這麼做。

　一開始我很猶豫，可是最近我越來越常切換成紅色。除了葬禮以外。葬禮的話，我喜歡身歷其境，算是一種尊重吧。

　今天上午的第一張單子：六十幾歲的有錢人，在家中的辦公室心臟病發，銀行裡有好幾百萬，在三段婚姻

中生了五個孩子，每個孩子都厭惡他。

委託人是他的其中一個孩子，這個富二代還額外付了一筆錢，打算遺忘這件事。不想感覺、不想提前感覺、不想宿醉、不想殘留，葬禮全程都不參與，而且預約時間夠長，讓他能在那天的活動開始啃咬他的意識之前先喝個微醺。

我看見剛整理好的開闊場地。小雨淋著剛下車的送葬隊伍，不過烏雲中有一道縫隙，等於有雨也有陽光。

大家如往常般穿著體面。許多富人面對死亡時，都會露出彷彿遭到背叛的神情，似乎有點訝異良好的生活和金錢竟然無法讓他們免於死亡帶來的不快。站在我旁邊的應該是寡婦二號，年近四十歲，留著漂亮的沙色頭髮。我們眼神交會，她注視著我，我努力不盯著她看，然後我們兩人同時明白了一件事。雖然我忍住了，沒有脫口叫出小拉，可是我的眼神一定洩露了什麼，因為她露出了笑容，或者該說「他」。我不太確定笑的人是小拉，還是讓他躲進體內的那個人。

拉吉夫現在都值夜班，我已經一陣子沒見到他了。他一定是換到了日班。以前我們會在下班後一起去喝點啤酒。我會說他是朋友。我想這麼稱呼他。他是我在這

一行中為數不多的朋友之一。

　　牧師講述何謂圓滿的人生，並表示世俗的榮華是帶不走的，每個人都點頭認同，接著遺體入土，響起了我在許多葬禮上聽過的音樂。我認為是莫札特，但不太確定。有時我覺得這才是我真正的工作。點頭、哭泣、聽莫札特。而且我覺得還有比這些更糟的事。真的有。

□

　　伯母死亡是七百美元。伯父死亡是六百美元。

　　在市場度過糟糕的一天是一千美元。小孩的獨奏會是每小時一百二十五美元。上教堂是一百五十美元。

　　我們唯一不報價的類別是孩子死亡。孩子死亡須個別議價。幾乎沒人付得起。也不是每位操作員都能負荷。我們必須接受特殊訓練才有資格處理那種工單。接下這種單的人之後都會請病假，因為無法正常工作。大部分的人就是無法承受。我入職至今還沒見過有人預約，所以我們多數人都不清楚實際的情況。傳言說只要你做過一次，那個月接下來的時間你都可以休假。小迪一直很感興趣。我會告訴他，那不值得。好，所以呢，

也許你不適合，小迪這麼說。好，所以呢，少管閒事，他會這麼說。

□

我第一次跟吉爾希說話是在飲水機旁。我告訴她我們的隔間相連，是鄰居。她說她知道。我覺得有點蠢。

我們第二次說話時，也是在飲水機旁，我試圖故弄玄虛，例如我說我們不能再像這樣、或用其他糟糕的方式見面了。這可能是我在電視上看到的台詞，就這樣脫口而出了。蠢。雖然她沒笑，可是她也沒皺眉。她只是看著我，似乎想弄清楚我為何會覺得那是個好主意。

第三次說話時，我吻了她。就在零食間的微波爐旁。我不知道自己怎麼了。我不是個積極主動的人。我並不強壯。我的體重是六十六公斤。她沒笑。事實上，她露出了厭惡的表情。不過她也沒把我推開。沒有立刻這麼做。她接受了那個吻，沒有回吻，但幾秒鐘後她推開我，身體後仰並別過頭低聲說，你不應該那麼做。

儘管如此，我還是很高興。我在午餐前多處理了三張單子，回家之前又解決了八、九張，可是接下來一整

天我都不在自己的身體裡。就算進入了別人的身體，我仍在自己的身體之外。

我哭泣。

我哀號。

我咬牙切齒。

經過了這一切，我仍開心地笑著。

我在葬禮上。委託人心痛，但我的心不痛，正好相反，它做著該做的事。我的心做著與心痛相反的事。

□

吉爾希與我開始約會。約會是我說的。她說這是讓我陪她走到公車站。她讓我請她吃午餐。她叫我停止。她還是沒對我笑過。

她說，她是個心碎專家。

在走道上看見她時，我會走到她後方，單手摟住她的腰。

她還沒讓我進入她的心。她不讓我進去。

為什麼妳不讓我進去？我問她。

你不會想進去，她這麼說。你會想待在周圍。你會

想待在附近。你不會想進去的。

　　她說，心碎的方式有兩百四十七種，而她全部都感受過。

□

　　我在安寧病房。

　　我以前來過這裡。是一位普通的委託人。

　　我正拿著一枝筆。

　　我剛在眼前的記事本上寫了些東西。

　　我的丈夫不在人世。

　　他幾年前死了。

　　今天是他十週年忌日。

　　我猜我有阿茲海默症。

　　一段關於我丈夫的記憶浮現，就像在十一月的清涼水面上，再次浮現了八月炎熱午後的光景。

　　我撕下那張紙。

　　我自己讀了一遍。

　　是遺言。

　　我把玻璃杯拿到嘴邊，吞了一顆藥丸。瞄了一眼我

對這個世界的留言。

失效安全裝置發揮作用，系統越權控制。我闔上工單。雖然我及時脫離，不過在離開垂死的心智時，我感覺到意識的結構改變了。不是關閉。是打開。我感覺意識在死去時開啟了，像箱子的四面倒下，或是像一株開花的植物轉向陽光。

□

吉爾希兩天沒來上班了。

是她父親。

這是蘇尼爾有天跟我一起喝啤酒時說的。

蘇尼爾解釋，吉爾希的父親還在抵押中。被關著。賣掉了他的人生。「就跟你爸一樣，」蘇尼爾說。「對吧？」

我點點頭。

蘇尼爾在技術支援部門工作，所以他了解每一種故障的情況。他知道情感轉移機制可能會出什麼差錯。蘇尼爾目睹過一些不尋常的情況。

「怪事無『上限』[2]。」他說。

「結局一定很慘，老兄，」他說。「這件事你得相信我。吉爾希受了損傷。她很清楚這一點。」

蘇尼爾是好意，但他並不曉得我能接受損傷。我想要損傷。我已經想過未來，知道會發生什麼。幾乎什麼事也沒有。不會失去心愛的一切。然而，我覺得自己好像失去了某種東西。愛過再失去，總比從沒愛過好吧？這麼說吧：我是在沒有愛的情況下失去。我失去了從未擁有的東西——整段人生。

然而幾週過去了，我開始覺得蘇尼爾可能是對的。

「吉爾希不讓我進去，」我告訴他：「她叫我遠離她，叫我走開。」

「她是在幫你，老兄。接受她的建議吧。」

□

我問她關於她父親的事。

她一整週都沒有跟我說話。

後來，在一個週五晚上，我們已經沉默地走了一個鐘頭，在進入她的公寓之前，她轉身面對我。「見到他，」她說：「真是糟透了。」

「太突然了。」我說。她點點頭。

我握住她的手，可是她抽開了。

我問她，為什麼妳就是不愛我。

她說，要讓別人有感覺是不可能的。

就算是你也一樣，她說。

就算你想要感受也一樣。

□

我跟她提起那段我留意已久的人生。

「帶我去看看。」她說。

我們走到那間商店，可是東西已經不在櫥窗裡了。

進去之後，我詢問店員那段人生的下落。

「有人買走了，」他說：「前天的事。」

吉爾希低頭看著她的鞋子，替我感到失望。

我告訴她，我會再找到類似的。標準快樂套裝。有
著不錯的可能性。有機會得到孩子。雖然完全不足以讓
兩人共用，但我們可以分享，輪流過那段人生。其中一
人生活時，另一人就工作，例如我在平日工作，她則讓
我週末休息。

她凝視我好幾秒，似乎在考慮這件事，在腦中想像度過整段人生的樣子，接著她輕碰我的臉頰，什麼也沒說。這是個開始。

□

在小迪的情況變糟、變更糟、越來越糟之前，他開心時總會說自己認識某人、某人認識某某人、某某人又認識另一個人。真的，他講話的方式就是這樣。他很喜歡說故事。

大約在他崩潰的一週前，他曾在咖啡間告訴我一個故事，說在城市另一頭，一家叫**經營人生**的精神痛苦商店裡有個傢伙，已經替一位想殺妻的知名銀行家安排好了一切。銀行家已決心下手，卻不想承受罪惡感。他又認為如果自己完全沒有與這件事有關的記憶，或許能提高他不在場證明的可信度。

亂講，我說。這樣才行不通。

不，是真的，小迪這麼說。他鉅細靡遺地講解，說他們都是公開討論安排，甚至在工作時也在討論，不過是透過代號交談，說了一些諸如此類的事情。

絕對不可能，我說。光是會失敗的理由就足足有二十個。

為什麼不行，他說。

這實在太誇張了，我說。

哪裡誇張？殘忍無「上限」，他說。

隔週週一到公司時，我看見兩名醫護人員把小迪拉走，他們一人用一隻手勾住小迪，將他拖出去，後面還跟著兩個警衛。兩人拖著他經過時，我試圖捕捉他的眼神，但當他一轉頭我就曉得：裡面沒有人了。迪帕克已經不在裡頭了。他已經去了某個地方。他一直說好，所以呢。好，所以呢。就像一句咒語。彷彿他想要說服自己。好吧。就這樣。

隔天的報紙真的刊出來了。關於那位銀行家的完整報導。就跟迪帕克說的一模一樣。據說銀行家僱用的人就是他。他進入了一個殘忍之人的體內，但罪惡感滲漏了出來。有些東西會滲漏出來。人無法完全被密封。情感轉移技術雖然會進步，但總會有東西滲漏出來。

或許那人不是殘忍的人。也許這才是重點。不是殘忍的人。就只是普通人，與一般人能承受的壓力一樣。

小迪知道將要面對什麼。悲傷無「上限」。品格無

「下限」[3]。小迪見過、也明白自己要面對的是什麼，卻還是任由它滲透，一旦滲進去，就會徹底陷入、永遠出不來。

□

我打開單子。我工作。我存錢。

幾週過去。吉爾希打開了心房。雖然只有一點點。

她還是不肯在親吻時直視我的眼睛。

那樣很奇怪，她說。沒有人會那樣。

我怎麼知道？我吻過的人又不多。我看到美國電影中的角色會閉上眼睛，可是有時，我也見過其中一人會偷偷睜開眼睛瞄對方。我覺得這很合理。否則你要怎麼知道另外一個人的感受？對我來說，似乎只有透過她的表情，我才能確認、明白她的感受，才能體會到她對自己的感受。所以我們親吻時，她會閉上眼睛，而我會看著她，試圖想像她的感受。我希望她感受到了什麼。

我在葬禮上。

我有疝氣。

我的疝氣在葬禮上發作了。

我在監獄裡。

我是牙醫。

我是有疝氣的監獄牙醫。

我戀愛了。

我正處於戒斷狀態。

我愛上了不愛我的人。我真希望我有疝氣。

□

她帶我去見她父親。

他臉上的那種表情。我記得。我的父親看起來也是這樣。

他正在度過別人的人生。他等於是一塊投影幕，一個容器，一種容納痛苦的組件，就像外接硬碟，是某人的隨身裝置，用來存放挫折、罪惡感與不幸。

有一件事令我們困擾，也不願提到，就是我們可以那麼做——我們可以讓他出來。

我們沉默地站在那裡，感覺站了非常久。

最後，吉爾希忍不住了。

她告訴我，他的抵押期只剩四年。

不過你也知道，在市場機制中，像我們這種付出時間的賣家，永遠無法換回等值的報酬。就像當舖。你為了吃晚餐而典當懷錶，也許換到了五十美元。一週後再去，你就得付四倍的價格才能贖回。

　　這也是同樣的道理。我真心愛著吉爾希。然而我不曉得，為了釋放她父親，自己是否願意付出十六年的人生。如果我曉得她愛我，就會這麼做，可是我不知道。我想成為更好的人，我想表現得更加無私。雖然我的人生也沒有多棒，但我真的不確定是否要這麼做。

　　我正在動手術。因為我的疝氣。

　　我就要失血過多而死了。

　　一點也不痛。

□

　　關係有了一些進展。我們同居了。我們對未來避而不談。我們會暗示。我們會拐彎抹角。

　　我被槍擊了。

　　我被打耳光。

　　我回家。

我休息幾個小時。

我回來再繼續。

□

在我滿十三歲時，母親道出了一切。她讓我坐在廚房裡，接著開始解釋。

「你父親決定出賣人生的那天，」她說：「我換上最漂亮的衣服，他穿了一套西裝。他梳了頭髮。他看起來很英俊。我記得他非常平靜。你換上了唯一的一件長褲。你父親揹著你。我們走去銀行。」

「我記得。」我說。

「有個髮型完美的男人從後面的某間辦公室出來，在桌子對面坐下。」

我告訴她，這我也記得。

她說，這樣一年可以拿到四萬美元。

我爸出賣人生的條件，是獲得固定的年金，每年按通膨指數調整百分之三，期滿還能拿到百分之七十的養老金：四十年，七十歲，屆時他就可以停止販賣人生，回到我們身邊。

母親說，四處都有海報描繪著那一天，也就是團圓日。那天就是你功成身退的日子。

螢幕上播放的短片展示著抵押的好處，以及與家人團聚的美好日子。我們會在炎熱的夏日空氣中享用檸檬水。

只要四十年，影片裡這麼說。

同時，你的家人也會被妥善照顧。你的內心也將會得到平靜。

「時間就是金錢，」影片說：「而金錢就是時間。用你最珍貴的資產創造價值吧。」

千萬別錯過一生難得的機會。

我記得，我們回家後，父親就去休息了。他睡了十二小時，比平時多睡了六小時，在我早上醒來前，他就起床盥洗，刮了鬍子、梳了頭髮。我下樓時，他剛好吃完早餐，一片吐司配一顆水煮蛋。我走向他，想回他一個擁抱，卻沒有力氣。我的雙手軟弱無力。於是我只讓他擁抱了我，接著他就出門了，這是我最後一次見到父親。

□

我跟吉爾希的關係停滯不前。

　　甚至還倒退了。

　　後來的某一天，我們擁有的一切便忽然消失了。已經回不去了。我們兩人都心知肚明。

　　無論她讓我擁有了什麼，她全都帶走了。雙方同意暫住在同一個空間裡，同意讓兩人的生活在小範圍內重疊，他們出於愛、方便或某種更微不足道的原因，在世界上創造出一片臨時區域，但無論他們這麼做的原因為何，理由都已經崩塌、封閉了。她讓我們共享的空間崩塌了。她對我封閉了自己。

□

　　吉爾希搬走一週後，她的父親去世了。

　　值班經理不肯讓我去葬禮。我整天都在參加葬禮，每一天都是。陌生人的葬禮、為他人哭泣，差不多就是我謀生的方式。這次我想要去真正的葬禮，這次是為了我在乎的人，我卻只能在這個隔間中看著螢幕。

　　反正吉爾希也沒問我要不要去。

　　我應該去。

如果我去就會被開除。

可是我不再擁有她了。如果離開公司，我就會失業。如果失業，我就永遠無法挽回她了。反正我永遠也無法挽回她。

我甚至不確定自己是否希望她回來。

不過，也許這正是我無法擁有她的原因，我現在無法、以後也無法擁有她。也許問題並不在於我沒有自己的生活。也許問題在於我並不想要自己的生活。

我去上班。

我打開工單。

我闔上工單。

回到家時，公寓似乎變得空蕩蕩的。雖然原本就很空蕩，但今天感覺更空蕩了。空蕩變成了空虛。

我打給她。我不知道該說什麼。我對著電話呼吸。

我又打了一次。我留了言。我說，我在開單部門有個認識的人。我們可以擠出一些額外的時間，不會被發現，只需要一條開放式線路。我可以替妳感受。妳的悲傷。我可以替妳安葬妳父親。

□

三天後，我的辦公桌上放了一張字條，上面寫著葬禮的時間。內容只有時間，以及她在底下潦草地寫了「好」。

好。

我排出一個空檔。時間一到，我就打開單子。

我準備面對一場葬禮。

我卻不在葬禮上。

我不太清楚自己在哪裡，不過一定是很遙遠的地方。在一個陌生的地點。她搬到了讓我永遠找不到她的地方。或許再也沒有人能找到她。一座新的城市。一段新的人生。

她負擔了這個時段的費用。她想讓我進入。只有一次。就這一次。她肯定花光了存款。那筆錢本來要用在她父親身上，但現在已經用不上了。

她在路上走著。陽光刺眼，整個世界充滿了風沙，但令人振奮，她感受到了活力。我替她感受著活力。

她正看著我們的照片，是我們僅有的一張合照，在藥妝店裡的拍貼機裡拍的。我們臉貼著臉，照片中的她跟平常一樣沒笑，我則露出了真誠的笑容，至少我一直認為很真誠；可是，如今透過她的眼睛看著我自己時，

我發現我的笑容在她眼中開始分解，就像你一遍又一遍地說著某個單字，說了許多次，一再重複，你開始感到很愚蠢，但你還是不斷重複，不久之後，這個單字不再像是一個單字，而分解為組成這個單字的音節，突然之間，這個單字再也不是一個單字，而是你所聽過最奇怪的東西。

我在她的腦中。

我是個好人，她這樣想著。我應該要過得更好。她想相信。要是她能透過我的眼睛看見她自己就好了。要是她能利用我的眼睛，透過她的眼睛看見她自己就好了。我值得被愛，她心想。她不相信。要是我能替她相信就好了。我想在她腦中相信，在她心裡相信。只要在她心裡充分相信，信念就有可能滲透進去。她沿著山路走著，小山丘越來越陡。空氣越來越熱。每走一步，我都能感受到她的重量，感受到重力壓在她悲傷的身軀上，但到了山頂附近，那種感覺又幾乎消失了。她正在回憶我們的過往。我們擁有過的少數快樂時光。好，所以呢。我站在一座山丘上。我正看著一種從未見過的顏色。海洋。我不是在參加葬禮。我正想著我曾經愛過的某人。我不知道這種感受是她在想我，還是我在想她，

她與我都痛徹心扉，也或許正好相反，又或許在這一刻根本沒有差別。好，所以呢。好，所以呢。好吧。

第一人稱射擊遊戲 [1]

珍寧在第四線。

「**家庭用品區**有一根手指。」

我沒問她這句話是什麼意思，因為我想不出任何有趣的話，因為我在跟珍寧說話時完全無法思考，因為我愛她。

我跟她說會去看看，然後掛了電話。在前往**居家與衛浴區**時，我一直不停低聲對自己說，笨笨笨笨笨蛋。唯一讓我覺得好過一點的，是這一切都無所謂，反正我也沒有機會跟她在一起。

我在毛巾架旁左轉，緊接著再右轉，哇塞，珍寧沒開玩笑，那確實是一根手指。就在地上。在擺著慢燉鍋的走道中間。

現在是**世界商場**的大夜班時段。它是人類世界中最大間的商店。週日到週三是我的工作日，如果週五有人請病假我也會來支援，不過當然，我幾乎每週五都來。

商場全年無休，因為讓日光燈連續開著十年、二十年直到燒掉，其實比反覆開開關關更省錢，所以每晚都要有兩人顧店，而商場差不多有三個城市的街區那麼大。

我走到最近的內線電話打給珍寧。

「我們應該告訴伯特。」我說。伯特是經理。伯特現在不在店裡。他在約四百公尺外的停車場，坐在車窗緊閉、煙霧瀰漫的龐帝克太陽鳥[2]裡聽黑色安息日樂團[3]的歌。我從這裡就聞得到煙味。

「那就告訴他啊。」珍寧的說法帶著某種意味。這是一種挑戰。她在挑戰我。這是測試。她在測試我。我開始覺得，雖然我對珍寧說了那麼多蠢話，但我或許真的有機會跟她在一起。

我掛斷電話，回到手指那裡。

我撿起手指。

接著我的後頸突然有種冰冷尖銳的刺癢感，嚇得我差點尿褲子。我小小驚叫了一聲。

我轉身看見了珍寧。我討厭關於她的一切，但其實我又熱愛關於她的一切。與其說我想親吻她，不如說我想擁有她。吞下她。吃掉她，這樣別人就無法擁有她。

「你應該看看你的臉。」她邊說邊笑我，但不是取

笑。不算是。這是她調情的方式嗎？

我悄悄把手指放進外套口袋。我不太清楚自己為何這麼做，但我不想讓她看見我拿著手指。

另一區傳來一堆東西掉到地上的聲音。

「聽起來像從**盥洗用品區**傳來的。」我說，接著我們就一起跑向九十七號走道。我們在**睫毛膏區**停步，蹲在地上，聽見像是腳步拖行的聲音。珍寧開始往**口紅區**緩慢移動，我想抓住她的腳踝，結果只抓到她的鞋子。她回頭發現我在後面看著，皺起眉頭示意我跟上。

我們在走道末端的媚比琳美妝品牌陳列架停住，正好看見某個人或某種東西正搖搖晃晃地前往牛肉乾試吃區。珍寧尖叫，那東西也發出一種呻吟聲，接著珍寧跟我拔腿就跑，繞過角落進入了**眼線筆區**，然後與它面對面。不過，那不是它。是她。一隻殭屍。一個女人。女殭屍。看起來比珍寧年長，跟我差不多，也許三十歲出頭，臉上少了一些部分，不過整體而言帶著一種憂鬱的美。

「她看起來很緊張。」我對珍寧說，可是珍寧不見了，她正一邊尖叫，一邊全力衝向**電動工具區**。

漂亮的殭屍小姐舉起兩支不一樣的口紅，一支是血

紅色，另一支類似大地色，我恍然大悟。她希望我提供意見。我往後退，看著她的皮膚——我猜算是帶點灰白的燻腸色——接著指指大地色的口紅。

「跟妳的上衣比較搭。」我說。

她右手拿著口紅，原本是無名指的地方剩一個洞。

我從口袋抽出她的手指遞給她。

她接過手指，塞進原本的洞，又貌似點了點頭，像是在道謝。

她開始緩步走向**飾品區**。

我們就這樣一起逛了一陣子。她選了幾樣東西，而我提供意見。有時她會接受，不過有幾次，她還是選了另一個。有一次她停下來照鏡子，而我看著她照鏡子，好奇她在想什麼，後來我們對上眼，我們的眼神在鏡中相遇了。她顯然正想著某人。我嗎？不。這太瘋狂了。但有可能嗎？我不知道。我什麼都不知道。我甚至不知道殭屍能思考。我猜或許她沒在思考，或許她正受到別人的控制——說不定我也跟她一樣。

漂亮的殭屍小姐動作很慢，等到她終於集齊一套像樣的裝束，已經兩點十五分了。當我察覺自己已經半小時沒見到珍寧時，廣播系統就轟隆隆播出了她的聲音。

「我在**槍枝區**，」她說：「壓低身體。」

我拿起附近的電話。

「她不會傷害我們。」我的聲音在寬敞的店裡迴盪。我只希望殭屍女孩明白我的話。

「你在說什麼？」珍寧說：「她會吃掉我們。她會吃我們的大腦。」

「不，我覺得不會。她不會在這裡做那種事。」

「那她在這裡做什麼？」

「嗯，」我說：「我想她準備要去約會。」

珍寧還沒理解這番話，我就看見漂亮殭屍小姐的臉出現在**家庭娛樂區**上方掛著的高解析螢幕中。

「啊。」她彷彿正在試圖弄清楚攝影機的功用。

「怎麼了？」

「快走。」

珍寧從我的語氣聽出事情非常不對勁。「發生了什麼事？」她說。

「我們的朋友剛發現了《死亡鬼屋》[4]。」

我小心翼翼地接近她，並保持距離。我們站在那裡看了一陣子遊戲展示，畫面中有被炸飛的肢體、爆掉的頭顱，當她轉過來，我從她茫然的神情中看得出她很難

過。被背叛了。

　　珍寧拿著一把手槍，在走道上大步前進。她細瘦的手臂幾乎無法平舉槍枝。她用槍口指著漂亮的殭屍小姐，對準她的頭。殭屍則是一眼不眨地看著珍寧，幾乎像是想讓自己被爆頭。我想我能理解。今晚她本來興奮地要去約會，卻在這裡看到了這款遊戲，現在誰知道她的自我認知受了什麼影響，她對世界的看法是否改變了。有自知之明的殭屍真的存在嗎？殭屍知道自己是什麼嗎？或許殭屍化有程度之分，而她還沒徹底變成殭屍。說不定我也正在殭屍化。

　　我伸出手，將手放在珍寧手上，慢慢地壓低槍頭。她的手很溫暖，充滿生氣，我觸碰到她應該要感到興奮，但我反而比較擔心殭屍小姐。她緊張地搔抓手指，結果手指又脫落、掉到了地上。我們全都盯著手指。

　　《死亡鬼屋》的展示影片重播。一群殭屍在螢幕上被爆頭。珍寧的手裡還握著槍。我納悶著，這是我開始工作以來最棒的一天，還是最糟的一天。為何我會這麼侷促不安？我到底在害怕什麼？機會是不等人的。

　　「妳週四想去看電影嗎？」

　　「你在問我還是問她？」珍寧說。

「她看起來已經有對象了。」我說。

珍寧望著我許久，似乎想要看透我，彷彿這是她第一次注意到我。

「好，」珍寧說：「好，我會去。」

我望向殭屍小姐，她看著我們，呆滯地張嘴。方才我似乎看見她的眼神閃現出一絲意識，可是立刻消失無蹤了。她轉身拖著腳步前往出口，接著傳來自動門滑動的聲音，然後她就離開了。

「我很好奇，她仍要去約會嗎？」我說。

「我很確定她會去找伯特，然後吃掉他的大腦。」她說。

珍寧跟我站在那裡看著一切，我們似乎待了很久，就這樣在賣場邊界享受熱空氣與冷空氣混合的感覺，慶幸著自己是待在裡頭。

⫽ 疑難排解

1

這是一種裝置。就跟其他裝置一樣。它會接受輸入，然後輸出。

2

可接受的輸入包括：願望、渴望、想法或概念。

3

你最多有四十八個字元，包含空格，所以你必須對自己誠實。標點符號也算。

4

小心句子片段。不要模糊。避免歧義。要清楚明瞭。確實表達你的意圖。

5

這就跟所有技術一樣：要嘛不夠強大，要嘛太過強大。它絕對不會完全照你的意思做。

6

你很好奇：你的渴望會如何被投射在世界上？

7

這是一種翻譯裝置。將你腦中的內容翻譯成話語，輸入到機器裡。機器接受話語之後，會再轉換成物質世界的效果。

8

你訂購這個東西的當下，以為會使用一輩子。每個人一開始都這麼想。但這比你認為的更難。首先，一輩子做某件事是什麼意思？你知道嗎？你是最適合做出判斷的人嗎？

9

想清楚你要什麼。保持誠實。再轉為話語。

10

語言的重點是渴望嗎？渴望的重點是失去嗎？如果我們
不會失去任何東西，還需要說什麼嗎？我們所說的一
切，會不會就只是為了表達：我會失去這個，我會失去
這一切。我會失去你？

11

具體、明確。如果你想要蘋果，是指任何一顆蘋果都行
嗎？還是只有特定某一顆蘋果才可以？那麼你眼前的這
一顆蘋果，看起來就很美味。那是你要的嗎？

12

你想要獲得的是名詞嗎？或者你是想針對某個目標使用
動詞？如果你想針對這個目標使用動詞，你要如何針對
這個目標使用動詞？

13

或許你渴望某些目標，但無法說明。有些目標不是名
詞，有些行為不是動詞。有些我們想要的東西存在於森
林或者海洋邊緣，恰好在山另一邊，恰好在視線之外。

14

小心意想不到的後果。在你熟悉裝置的特性與限制之前，別亂按按鈕。因果關係可是很棘手的。不喜歡現在的情況嗎？覺得不正確嗎？在你說不正確之前，先回答這個問題：什麼是正確？正確是假設世界上普遍存在著某種登記員或記錄員，會記下你那些極微小又短暫的渴望。正確是假設存在著某種完美的心智，說著某種理想的語言，再傳達給某種絕對不會出錯的翻譯機。完美的三向字典：心智、話語、世界。

15

你想要性。

16

你想當個好人。

17

想像你在一座游泳池裡。

18

你漂浮在泳池水面上,臉朝上,耳朵一半在水裡,一半在水面上。如果方式對了,你就能聽見底下的世界、上方的世界,以及你腦中的世界。你可以同時聽見三個世界,下面、空中、邊界,就像山頂的廣播電台,擁有斷斷續續的播放內容、靜電干擾、祕密,以及聽起來像是真相的片段。

19

某個東西從下方撞到你。是什麼?試著翻譯次音速的鯨魚叫聲,將浮動溼滑的直覺轉換成實際的話語,向另一半乾燥的世界開口。這是一種自我翻譯,使用了你個人的水下語言。說出來吧,讓它暴露在氧氣與光線之中。未折射的渴望。

20

關於意想不到的後果,重點不在於後果,在於意想不到。你不打算讓某事發生,並不代表你不想讓它發生。

21

把你的大拇指放到裝置兩側，然後集中精神。

穩住。

很好。

再一次。

謝謝你。

22

以下列出過去六十秒內，所有在你腦中閃現的短暫衝動：

· **你知道的那個人**（在辦公室）：有一次，某個下午，
也許在你車上，或是在第四區的無性別廁所

· 用保麗龍大杯裝的橘子汽水，加一點碎冰，一根吸
管，可以彎曲的那種

· 去游泳（聽起來不錯）

· 試著想起那首歌叫什麼，噢真是太難受了

· 再長高五公分

· 第五區那個新來的女人

· 一根菸

· 戒菸

- 頭不痛了
- 頭髮長回來
- 或至少髮線別再後退
- 總是穿那條裙子的那個人，在第七區（行銷部門）
- 一根菸
- 一個漢堡
- 不，一個起司漢堡
- 成為更好的丈夫
- 成為全世界最棒的父親
- 一個起司漢堡，然後再一根菸
- 重新開始

23

再次審視一下，你曾說自己想要什麼。其中有模糊或歧義嗎？沒有？是否有可能，問題並不在於你的話語很模糊？是否有可能，模糊的是你？

24

我們就實話實說吧。你真正想知道的，是你的意願對你所接觸之人的意願能有多少影響？有些人的意願，可能

恰好與你想帶給世界的影響互相衝突。有些人則會設法運用他們的裝置，直接反對你透過裝置顯現於世界的意願。你想知道，你是否能讓人們做出違心之舉。

25

重點在於：那並不是重點。重點在於，那是一種測試。是測試！當然是測試。你不該感到訝異。重點是：這會如何定義你？你要用它做什麼？你知道自己應該運用它幫助他人。

26

它絕對不會完全照你想要的做。
你絕對不會完全照它想要的做。

27

你必須這樣問自己：你想要當好人，或者只是想要像個好人？你想友善對待自己和他人嗎？你會一直、偶爾，還是從不在乎他人呢？或是只在對自己有利的時候當好人？你想要成為哪一種人？

28

麻煩再一次。把你的大拇指放到裝置兩側，然後集中精神：

- 第五區那個新來的女人
- 一根菸
- 再次重新開始
- 回到大學的第一天
- 回到高中的第一天
- 到那座湖的旅行，你們四人都去了
- 再次當個好人
- 擁有一艘快艇

29

你一輩子都在如此渴求。

30

- 沒有特定目的地
- 去歐洲

31

你從當個嬰兒開始。

32

你藉由哭泣開啟新生。你學會說話，才能更有效地表達
需求。

33

・前往亞爾薩斯－洛林（Alsace-Lorraine），不管那是在
　哪裡。

・（在你八年級法文課本的第一百三十八頁。）

34

・Je vais à la plage（我去海灘）

・Tu vas à la plage（你去海灘）

・Il/elle/on va à la plage（他／她／我們去海灘）

35

你得不到你想要的。不完全會。絕對得不到。

36

- Nous allons, vous allez, ils/ells vont à la plage（我們，你們，他們去海灘）
- Je voudrais aller à la plage, à la montagne, à la campagne, à la charcuterie. Je voudrais aller（我想去海灘、去山上、去鄉下、去熟食店。我想去）

37

就算你真的得到了，一旦到手，你就再也不想要了。

38

- 成為更好的人
- 成為更好的丈夫
- 戒菸
- 一根菸

39

你不想要這個裝置。它絕不會完全照你想要的做。你絕不會完全照它想要的做。你絕不會完全照做你想要*你*做的事。

生活中如果沒有未實現的渴望，就不是你嚮往的生活。
生活中如果沒有未實現的渴望，就是沒有渴望的生活。
你提到了海灘。你想去海灘嗎？那真的是你想要的嗎？
海灘。泳池。圖書館。你想要去肉鋪、麵包店、超級市
場。你想要去山上，想跟朋友們在湖裡游泳。想要，是
不定詞的形式。想要的動詞變化：我想要、你想要、他
／她／某人想要、我們想要、你們想要、他們想要。你
是否考慮過不想要，即使只有一瞬間？你是否考慮過將
問題「這個世界會發生什麼事？」輸入裝置──而不是
直接提問？你認為你是誰？你認為我是誰？你認為你擁
有什麼？為什麼你認為你知道自己想要什麼？你在過去
三十七年裡明明可以做到，在三十七年裡可以隨意使用
裝置，它也一直耐心等待、準備就緒且樂於協助，結果
你還是幾乎每晚都困惑地躺在床上，對自己感到憤怒。
你什麼時候才會開始懷疑，說不定你完全就是你想要成
為的那個人？

Please

☑ 請

⸜ 英雄受到嚴重傷害

　　我現在確實很需要一隻全雞。可是我沒說出來。我不想打擾隊上的人。他們正忙著跟惡魔犬戰鬥。這些人為什麼要自掘墳墓？就為了一隻五十點的狗。我心碎了。當我想起與這支團隊一起經歷的種種、早期我們在錢幣農場日復一日地辛苦工作，再到現在的模樣，我就感到有些鬱悶。

　　我還記得那個早上在**初始之門**附近的樹林間發現了浮遊客。當時他只是個少年，背上只有一塊薄薄的皮甲，彷彿自古以來就一直站在那裡等待。像是我如果沒來，他就會在那裡永遠等著。

　　我絕對不會忘記他對我說的話，當時我們在一個三岔路口。

　　第一條岔路通往森林。

　　第二條岔路會跨越大河，進入山谷。

　　第三條岔路則是往北，登上山麓丘陵，並且通過隘

口，另一側就是傳說中的**永休海岸**。

那時，身高才一百零六公分的浮遊客轉過身，帶著一絲激動的情緒，用彷彿已認識我一輩子的語氣說：

選擇你的道路。
我必將跟隨你。

「必將」這個詞打動了我。我仍舊很喜歡浮遊客每次都對我說必將。有個人這麼相信我。當時我才幾歲，二十二歲？這個可愛的小傢伙竟然高尚地說*我必將跟隨你*，好像我是個大人物，好像他*知道*我注定要成就大業。

但浮遊客現在卻是這個樣子，實在是讓我非常心痛，真希望我當初做了更好的選擇，真希望我可以帶他去吃冰淇淋，洗去他滿身的鮮血。

楚靈和白兒在他的前方，一次又一次地使出**小範圍火焰**。這樣肯定撐不了多久，但那兩人會竭盡全力。我們就是如此。我們會團結一心，儘管大家都說我們不該踏上這趟遠征，說我們的團隊只適合平地戰鬥，說我們絕對無法往北走這麼遠、這麼接近地圖的邊界。

□

　　當然，初期有許多困難。我們必須了解每一個人的長處、作風及弱點，必須學會避開彼此的半圓攻擊範圍。我已經不只一次，被某人用 +1 法杖使出的 2d6[1] 攻擊狠狠打中了。有一陣子，全世界彷彿只剩一群又一群的藍色惡魔犬，每一隻都必須被刺三下才會分解成一堆硫磺灰。真噁心。更別提楚靈還嚴重過敏。我們不斷學習與進步，直到不久前才忽然發覺，好像什麼大風大浪都經歷過了。

　　後來消息傳開了：西方有一片未知的土地。一塊全新的大陸開放了。

　　情況就是從那時開始變糟的。

　　浮遊客說，**我們必須去！這是我們的命運！**

　　楚靈和白兒建議集中資源。

　　羅斯特金還是老樣子，說哪裡有戰鬥就去哪裡。

　　這樣就是兩票對兩票了。

　　我說，你們在看什麼？

　　我切換了視角。

　　我才發現原來大家正看著我。

彷彿在說：*我們必將跟隨你。*

你。也就是我。

我。也就是**英雄**。

後來一切都變得很合理。我原本一直有種奇怪的感覺，像身在一個圓形裡。如果我往左，團隊就會往左。事實上，要是我往左，整個戰鬥範圍就會左移。無論我做什麼，似乎總是行動的中心。這裡。我就是**這裡**。

因為行動的中心是指：我在哪裡，中心就在哪裡。大家全都那樣看著我，使我不忍心告訴他們真相。我心想，也許晚一點，等到適當的時機再說吧。

□

所以囉，我帶著他們來到了這裡。

我帶著一位盜賊（浮遊客）、兩位法師（楚靈和白兒）及一位劍士（羅斯特金）抵達一片破敗的荒地：惡劣的地形、無數的壞蛋，而且就我所知，可能沒有雞。

浮遊客仍不斷受到重擊。楚靈和白兒至少在兩回合前就耗盡了魔力，現在只能拿著**普通匕首**胡亂戳刺。

真正能造成傷害的只剩下羅斯特金跟我，但我們都

不認為自己跟**雷神**一樣強。

感覺我的生命值還有百分之三十五到百分之四十左右，不至於死亡。羅斯特金看起來更糟。

我們快解決完這些地獄犬了，當我僥倖地希望附近有休息點時，又有一大群兇惡的狗從北面衝來。最可怕的是牠們的口氣。狗的口氣是一回事。惡魔通常很注重口腔衛生。可是不知為何，只要你把這兩者合在一起，天哪，那種口氣可真不好聞。肯定不是我在這裡最喜歡的氣味。

羅斯特金就在前方不遠處，新的一波攻擊來襲時，我看見他壓低了肩膀。他使出兩招乾淨俐落的攻擊，一下劃開了一隻惡魔犬的喉嚨，一下砍斷了另一隻的腳，最後轉過來看我，好像想說，現在就是吃雞的好時機。

我咕噥附和了一聲。

這時雞就出現了。我不知道這是因為祈禱應驗還是我們走運，總之雞就在那裡。一隻美味的熟全雞放在盤子上，就擺在一棵樹下。

去吃吧，羅斯特金說。

不，你吃，我說。

吃吧，他說。

就是這樣。兄弟們愛死了彼此。我指的兄弟，也包括楚靈和白兒，那兩個人就像姊妹，但也是兄弟，而且我可能有點愛上楚靈了——所謂的有點，其實也可以說是愛得要命，大概是從盎達爾（Oondar）那次雙滿月萌生了情愫吧，當時我們肩並肩靠在一起取暖過夜，不過除此之外，我們所有人就像兄弟，會一起分享雞肉的那種兄弟。

最後我語帶權威地說，吃吧，小羅。我告訴他我感覺好極了，這不完全是個謊言。他更需要進食，就算他不需要，這也是英雄該做的事，對不對？是吧？

不算嗎？我真的想知道。真希望有人能夠解答。

□

我們準備紮營過夜。每個人都很洩氣。結果羅斯特金跟我一直勸對方吃的那隻雞，根本不是雞，只是地面上突起了一處看起來像雞的光滑石堆，而羅斯特金被一隻地獄犬咬到手臂，剩下百分之二十的生命值，我也沒好到哪去，只剩下百分之三十二，於是我說管它的，接著使出保留了九回合的**強力移動**招式。幸好，成功了。

但很勉強。我們迅速移動到一個洞穴附近，那裡有一小塊安全的空地。這裡可以供我們躲藏與療傷，明天早上再出發。

我們在晚餐之前清點裝備。許多東西毀損嚴重。白兒將亂成一團的物品排在面前，浮遊客則喃喃念著，核對卷軸的內容。

正義之盾。

確認。

+1短劍。

確認。

+1長劍。

確認。

+1中劍。

確認。

+1中長劍。

確認。

「天哪。」某人咕噥著說。

「難怪我背痛。」楚靈說。

「我們真的需要**劈砍之刃**跟**切割之刃**嗎？」浮遊客問。大家都知道這是針對羅斯特金的提問。這對我們而

言是個問題。裝備太多了。

劇痛飛鏢。

確認。

疼痛飛鏢。

確認。

沒什麼特別的匕首。

確認。

鎧甲另當別論，而大家都知道**療傷道具**或**力量藥水**永遠不嫌多，不過沒錯，事到如今我們確實須要有所改變了。

浮遊客跟羅斯特金一起做飯時沒有交談。後來，我們一邊拿出酒袋傳著喝，一邊抬頭仰望夜空。

「你們曾想過做其他事情嗎？」白兒問。

我真的很想說我有想過，告訴他們我不想當**英雄**。

「我想大概會當吟遊詩人吧，」羅斯特金說：「有人說我的歌聲很好聽。」

「不，」白兒說：「不是另一種職業。如果沒有職業呢？如果除了游俠、盜賊、聖騎士或法師之外的身分呢？別的身分。要是你想做什麼都行呢？」

浮遊客說：「我會取個酷一點的名字。例如凡格

爾，或是凱爾多。或是史蒂夫。我的意思是，為什麼我們一定要取奇怪的名字？這真的對我們的遠征有幫助嗎？」

火快熄滅了，大夥紛紛入睡。

我看著他們打鼾，楚靈最大聲。她是一位單親媽媽。是誰在家替她照顧孩子？我根本不知道。我很愛她，卻根本不知道誰在照顧她的孩子。

白兒醒來，發現我在看楚靈。

「她愛你，你知道的。」

「她真的這樣說嗎？」我問她。

「是啊，」白兒一邊說，一邊將一根樹枝丟進火堆。「不過她認為你會是個很糟糕的老爸。」

最後，我陷入了不安穩的睡眠。我夢到了古老的夢，是古人的浩瀚之夢，而我正看著一望無際的灰色**永恆荒原**，經歷著最偉大的夢，直到黎明之前，被羅斯特金在林間小解的聲音吵醒。

□

到了早上，我們出發前往亞戈克（Argoq）。浮遊

客對這種事似乎很有一套，說他認識一個傢伙與精靈有交情，精靈說要繞遠路，別靠近**感官享樂之湖**。雖然大夥發了一些牢騷，但大家都知道必須專注於任務，因此仍不斷努力推進。

我們到了一家店，老闆是楚靈的一位德魯伊老友。楚靈在他的臉頰印下一個問候的輕吻。見到她親他，真是讓我難過死了。我還得稍微使用豁免檢定[2]，好讓自己不會頭暈目眩。

那位德魯伊人展示了他的新物品。速度之靴、噪音豎琴、分心之袋。都是**森林路徑**上絡繹不絕的遠征者們經常使用的東西。

「那枚**再生戒指**，」楚靈問：「要多少錢？」

「五十，」店主說：「妳的話，只要二十五。」

我從小袋子裡撈出錢幣放到店主手裡。他將戒指遞給我，我則冷淡地轉交給楚靈，表現出一副毫不在乎的樣子。

白兒向浮遊客挑了挑眉毛，彷彿在說，嘿，快看那裡的**浪漫情聖**。

楚靈拒絕了。「你比我更需要這個。」她說。

我把戒指收回來，假裝無所謂，同時發現白兒正努

力憋笑。天哪：我之前怎麼會完全沒注意到？白兒愛上了楚靈。她完全情不自禁。

我看著白兒，白兒看著楚靈，楚靈則試著無視這段單相思凝視的三角關係。幸好，羅斯特金打破了僵局。

「看看這個，」他邊說邊舉起一個小瓶子，裡頭的黃色液體正冒著氣泡。

「**相互感受之油。**」店主說。

「我們要兩瓶。」羅斯特金說，把錢幣丟到櫃檯上。我瞪了他一眼。

「幹嘛？」他說：「你又不知道這可能會在什麼時候派上用場。你永遠不知道。」

□

半個月後，庫格納加入了我們的團隊。我們花了數天的時間解決一波又一波的雜魚、歐克蠻人與食人魔。結果，我們幾乎沒有交談，就只是砍殺了成堆的屍體。到處都是綠色的肉塊。

庫格納並不是典型的角色。大家一眼就能看出他很特別。

以前本來只有四種職業：鬥士、法師、聖職者、盜賊。職業會透露出人的性格、他們對自己與世界的看法：力量、智力、智慧或魅力。

然而，庫格納屬於新的世代。

「我是戰鬥術士。」他說。當我們在一條潺潺小溪邊遇見他時，他一邊做著瑜伽，一邊自我介紹。「但我不太想被貼標籤。畢竟我們都只是普通人，明白嗎？」

我想對楚靈翻白眼，可是她沒看我。她喜歡他。我馬上就察覺到了。我望向白兒，想看她是否也注意到了，不過她似乎有點恍惚。

就連我的追隨者也被迷倒了。「我們需要這個人。」浮遊客說。

於是我發起投票。

楚靈盡量壓抑住興奮，投下了贊成。

「他能提升生命值，」白兒說：「必要的話，我們可以抵禦一千波的食人魔攻擊。強行推進。直接擊敗怪物。」

羅斯特金也投贊成，但我覺得他只是想得到庫格納包包裡的裝備。

浮遊客已經在上下打量這個新來的傢伙了。

我根本不用介入。

庫格納加入了團隊。

「我們要正式一點嗎？」他問。

我說，呃，沒問題，他想怎麼做？

「當然是深入了解彼此的靈魂，」他說：「你們不都是這樣做的嗎？」

我說，是啊，沒問題，好。

令人訝異的是，庫格納先從楚靈開始，他用長繭的大手捧住她的臉。兩人凝視彼此，楚靈似乎要融化了。

「所以英雄看起來就是那個樣子啊。」白兒說。

我叫白兒閉嘴。

每位成員輪流上場。輪到我的時候，我說我就算了，可是庫格納不肯罷休。

「如果我們要當戰友，」他說：「就必須交流靈魂。」

我表示我的感冒還沒好。

「那種細菌真的很討厭。但這是為了你好。」

「好吧，」他說：「但別以為你已經脫身了。」

庫格納與大家凝視完靈魂之後，向我索取了一份作戰計畫。我說，呃，好啊，我馬上給你。

□

　預言說，在我們命定的道路上，要經歷兩百五十五場戰鬥。

　在**兩百五十六號戰鬥**這場**最終決戰**中，我們將迎戰最後的大魔王。

　聽起來真令人興奮。

　有一段時間我確實感到熱血沸騰。

　今天是**兩百五十三號戰鬥**。

　我應該會很興奮吧。

　不過這很難說。

　事實上，史詩級的戰鬥有好有壞，雖然規模壯闊，但差不多打完兩百場以後，你就會開始感到麻痺了。

□

　往出發去戰場之前，大夥先向我們的神弗烈德祈禱。他雖然是個小神，不過還算有前途——至少他是這樣說的。

　我們因為崇拜他，經常被其他團隊取笑，但白兒非

常虔誠。可是現在想想，我們會這麼慘，有一部分就是白兒造成的。在我們成為弗烈德的追隨者之前，大家其實都是各過各的。當然，我們也從未討論過這件事，畢竟你要信奉誰、把雞肉獻給誰都可以，只要盡到本分，你的神也不是小惡魔，別來找大家麻煩、別強迫我們拿出金幣當買路財，或害我們受難就好。可是，白兒從北方過暑假回來後，就變了個人，看起來像中了**微瘋咒**，開口閉口都是弗烈德，大家的反應則是好吧，酷，妳應該不會逼我們信德魯伊教吧？

「弗烈德，」白兒祈禱著：「幾近全能者啊，今日請保護我們吧。讓我們的身心俱安。讓我們英勇無懼地戰鬥，擊潰敵人。」

「或者至少讓我們別像上次那樣被打得慘兮兮。」羅斯特金補充說。

「該死，羅斯特金。」白兒說。

「不，不，說得沒錯。」弗烈德不知是在哪裡說話。我們看不見他，但他的聲音轟隆隆地從高空傳來。「我得為過去幾個月的差勁表現道歉。我收到你們所有的祈禱了。老實說，我前陣子過得不太順利。」

白兒安慰弗烈德。「沒關係。真的。你知道我們愛

你。」她說，接著大家也低聲附和，但知道你崇拜的神想要博取你的信任，實在無法令人安心。

□

結果，庫格納在戰場上就像一頭猛獸。不過大家並不意外。他很強壯。

「至少有**十六級力量**。」羅斯特金一邊說，一邊看著他打爆一些壞精靈。

白兒說：「不不不。應該有**十七級**，老兄。他打得太輕鬆了。」

楚靈甚至不用戰鬥，只是站在原地看著那一身肌肉的傢伙揮舞著+3寬劍。我連自己能不能舉起那東西都不知道。

「他非得脫掉上衣才能戰鬥嗎？」我問，可是沒人聽進去。他很常收縮肌肉，就算看似不必要的時候也會，他還會鼓動胸肌那一招。呃，你看看他，就那樣站在河裡，任強勁的水流拍打堅實的身軀。

浮遊客甚至也看得神魂顛倒。

「你看到他怎麼對付那隻地精了嗎？」他說：「只

用一隻手就劈成兩半，而且拿的是短劍。」

　　如果我不了解情況，一定會以為庫格納對每個人施了**迷戀咒**。這傢伙完全是個俗氣猛男，是既憂鬱又愛生氣的典型戰士。太老套了。不過我得承認，由他打頭陣確實讓我安心不少。

　　或許英雄看起來就是那個樣子。

　　自遠征以來，這是我第一次感到有些搖搖欲墜，彷彿視角變得不太穩定了。就像萬物的中心偏移了。就像畫面不確定該跟著誰、該聚焦於誰的故事。說不定我的命運尚未被注定。

□

　　我們越過高地，來到一座山脊，另一側就是Aaaa山谷。

　　「我一直很納悶這個山谷的名字。」羅斯特金說。

　　白兒在我們進入山谷時向弗烈德祈禱。我們跋涉過**未知沼澤**。楚靈提醒大家慎選食物，甚至要警戒周遭的一切。上一回我們進入沼澤時，羅斯特金受到**防護學派**一位強大法師的影響，差點把所有人都剎碎了。

目前我們正在魔法的禁區中。一邊是**變化術**占優勢，一邊則是**死靈術**。因為他們禁止對方的學派，所以雙方都無法在對方的地盤施法。我們陷入險境，只能在卷軸地圖標出的狹路上小心行進。

庫格納跟著我。其他人也是。我努力不讓自己喜形於色。

途中我們遇到了一些半身人，他們住在附近，是既溫和又聰明的種族。有一個小孩失蹤了。男孩的母親正在啜泣。楚靈上前安慰她。那位母親說她兒子發現了一堆柔軟舒適的葉子，便躺在上面睡著了。

「**蔓生怪**。」白兒說。母親疑惑地看著我們。

「一種看起來像一堆腐爛植物的生物，」白兒解釋道：「但其實是肉食性。」

「噢，」羅斯特金說：「太噁了吧。」

白兒瞪了羅斯特金一眼，像是說*幹得好啊，白痴*，結果這位母親又哭了起來，這次哭得更厲害，接著大家都看向我，希望我做點什麼，於是我二話不說跳入那堆東西裡，撲進怪物體內抓住半身人小孩，最後用一把長柄大鐮刀劈出生路。毫不誇張地說，場面簡直是一團糟，還害我損失了八點生命值，不過我也因此升級了。

大家的賀喜讓我很高興。就連楚靈似乎也很佩服，而在那一刻，讓她愛上我似乎也不是天方夜譚了。

□

然而好景不常。在下一場**兩百五十四號戰鬥**中，無論在戰術、速度、武器或團隊合作上，我們都沒做好面對猛攻的準備。白兒差點就死了，羅斯特金差點就死了。就連我的生命值也見底了。

我的身體開始忽隱忽現，這表示我在這個世界已經到了垂死邊緣。

我知道該怎麼做，卻無法下定決心。

我再次被攻擊，生命值亮起了紅燈。我的靈魂開始脫離，視線也往上飄向雲層。我往下看著自己還在戰鬥的失魂身軀。

我陷入絕望，大喊著要弗烈德幫助我們。

我看不見弗烈德，可是感覺他就在身邊。

「我還以為你不相信我。」他說。

「你是認真的嗎？你現在想說這個？」我說：「好像有點小心眼。」

「呃，是啊，」弗烈德說：「你了解神嗎？」

我想他說的有理，不過我其實在思考，自己怎麼從未注意到弗烈德的聲音來自這麼高的地方。雖然難以描述，但這是我第一次發現他不太對勁。

「白兒就在底下那裡，」我說：「她總是不斷向你祈禱。」

「沒錯，但要求幫助的是你，」他說：「跪下。」

「你不是認真的吧。」

「是真的，老兄。我要你向我祈禱。」

於是我開始祈禱：「噢還算偉大的神哪。噢崇高的平庸之神，弗烈德啊。」

「跪下。」

「你別太得寸進尺了。」

弗烈德施展了某種力量，將我的注意力轉回人間的戰場，我的團隊正被痛宰。「我想，你現在可沒有立場說誰得寸進尺了。」

於是我單膝跪地，看起來像是要向他求婚。接著我聽見一個女人的聲音。

「弗——烈德。」她大吼著。她聽起來很生氣。好極了，現在這裡有兩個神，一個小心眼，一個很火大，

而我仍然飄浮在空中，每過一秒便更加靠近死亡。「你有大麻煩了，先生。」我說。

等一下。是她嗎？不。不可能。

「呃，弗烈德？」我說：「我想你媽正在叫你。」

「別說出去，」他說：「不准告訴任何人。」

「當然，當然。只要幫我們殺掉那些怪物就好。」

「我呢，呃，我辦不到。前陣子我就把力量用完了。不過這裡有一隻雞腿。」他說，然後就消失了。「抱歉，我該走啦。」

我吃掉雞腿，獲得足夠的生命值回到生者的世界，看見庫格納和楚靈變成了狂暴的戰士，羅斯特金使用了招式**每日強力移動**。這場仗差不多結束了。庫格納使出最後一記刺擊，解決了地面上的小魔王冰霜巨人。

楚靈注意到我回歸了，她說歡迎回來，真高興你加入我們。

□

晚餐的氣氛很鬱悶。沒人想開粗俗的玩笑，甚至也沒人感到開心。我們沉默地嚼著雞肉。

晚餐後，我在小溪旁找到浮遊客，他正在洗臉。

「嘿，夥伴。」我說。

「嘿。」

「再告訴我一次，為什麼你認為我注定會做大事？」

浮遊客望向北方，站在那裡茫然地看了好一陣子，然後才開口回答。

「我從沒那麼說過。」

「沒有嗎？」

「沒有啊。我是說，**我必將跟隨你**。」

「喔，」我說：「對，沒錯。哈。」

浮遊客擦了擦臉，伸手揉揉後頸。

「哎呀，」他說：「真是尷尬。」

「我覺得自己有點蠢。我誤會很久了。」

「嗯，我明白你的想法。那也沒關係啊。畢竟我們也因此走了這麼遠，對不對？」

「大概是吧。」

「誰知道呢？」浮遊客說：「說不定有你能發揮的時機。」

就算沒有，庫格納可能也會替我做到。

□

　　我回到營火邊，看見楚靈和庫格納坐在一棵倒下的樹旁。楚靈把手放在大腿下方，那是她害羞時才會做的動作。現在她正用我從未見過的眼神看著庫格納。她從未用那種方式看我，就連在盎達爾的時候也沒有。

　　魅力在少數時刻能派上用場。**虛張聲勢、掩飾偽裝、操縱動物、威嚇脅迫、表現演出**。然而，在情況變得嚴肅時就派不上用場了。在一支疲累洩氣的團隊面對**兩百五十六號戰鬥**時，完全幫不上忙。現在，我已經用一半的**魅力**點數換取了**智慧**——這項數值始終有點低。我考慮集合大夥，替他們打氣一番。要是我現在能說些有智慧的話就好了，不然至少也要聽起來很有智慧。說不定那樣也沒用。可是我想不出什麼適合的話，只好保持沉默。反正大家也對我有點厭煩了吧。

□

　　半夜，我被白兒和羅斯特金在黑暗中的低語吵醒。庫格納知道地圖沒標出的位置。

庫格納可以帶我們抵達**終點**。

我們繼續前進。我們跟遇見的所有怪物戰鬥：亡靈、熊地精、食腐蟲、小惡魔。我們跟一小群食屍鬼戰鬥，後來還與食屍鬼女王戰鬥。我們遭到一隻灰泥怪攻擊，某天早上醒來時，我們發現那隻生物覆滿了我們的全身、我們的營地、我們的頭髮、我們的食物。我們花了將近一天的時間清理，更別提還用掉了幾個小魔法，以及一個**治療輕傷咒**。我們繼續向右走，不斷劈砍、跳躍、衝鋒，就這樣費力地推進。

□

然後羅斯特金就退出了。

他來找我，對我說：「你對我很好，這段經歷也很棒，不過，這一切有什麼意義？我們在做什麼？我不知道。我真的不懂。我以前知道。現在卻不明白。」

「小羅，」我說：「你讓我很難受。你這樣真的讓我很難受。」

我該如何向他解釋，其實我過去十個月裡也不斷自問同樣的問題。我不能說出口。這只會顯得我很軟弱。

「別誤會，我還是很感激這一切。千萬別覺得我是個忘恩負義的人。」

「嗯。」我說。

「嗯。嗯，兄弟。我感謝所有的一切，感謝所有美好的時光。你以前是個很棒的領袖。我們解決過一隻金龍。那可是一隻金龍啊，老兄！我們曾經受到**遺忘之村**的愛戴。有免費的蜂蜜酒跟野禽讓我們大快朵頤，以致身材發福、體態走樣，直到**敏捷**數值都下降了，才不得不離開那個地方，繼續前進。你讓我擁有了第一把刀。你教會我重擊。我不會忘記那一切。就是這樣。」

「我明白。」

「不，不，這是真心話。我還有別的事要說。」羅斯特金說。他露出我許久未見的微笑。「我正與一位女孩交往，老大。我們在這場遠征啟程之前就認識了。我們也要有孩子了。我要向她求婚。」

「哇，羅斯特金，」我說：「哇。那真是，真是太棒了。」

「嗯。我知道。我知道。希望孩子像母親，當個和平守法的好村民。希望他比我更了不起。不要只當個傭兵。」

我告訴他，他會是一位很棒的父親。

「我不知道。我已經不確定我們的目標是什麼了。白兒一直向我們灌輸信仰，浮遊客一個半月沒洗澡了。」

「這樣說不公平。」

「不是只有你。是我們所有人。總之，那不是重點。我已經放棄了**不朽英雄之路**。那是年輕人的夢想。我只想回去做擅長的事、基本的事，每隔幾年升級一下就好。也許偶爾外出學幾項新技能。我一直對**動物共感**很有興趣。」

「你？」

「對啊。」羅斯特金說。

我們像戰士般擁抱。

「如果你以後到我家附近，」他說：「可以來嘗嘗珍妮美味的野豬派。」

「聽起來很棒，」我說，但心裡確信自己再也不會見到他了。

□

走回營地時，庫格納過來找我，將我拉到一旁。

「有一件事我們必須談談，」他說：「男人之間的對話。」

來了。「好，好。我知道了。來吧。」

「來吧？」他說，看起來對於過程這麼順利感到很意外。

「對啊，請便。」

庫格納衝上前，我預計他會將我擊倒，以彰顯在團體中的支配地位，他卻按住我的後腦勺，用力把舌頭伸進我嘴裡。非常、非常深入。

我使盡全力才把他推開。

「這是在搞什麼，庫格納？」

「你自己說來吧。」

「你以為我是這個意思？」

「等一下，你是什麼意思？」

「我以為你是想要拿下團隊的控制權？」

「為什麼我要那樣？」

「呃，我不知道，因為你的模樣？你是個超級強壯的戰鬥術士，能夠碾壓惡魔，還喜歡激烈地把舌頭伸進我們的靈魂裡？因為每個人都認為你是弗烈德送來的

禮物？」

我聽見有人竊竊私語，庫格納跟我望向一旁，發現整個團隊的人都在看著我們。

楚靈張大了嘴。羅斯特金看起來竟然有點難過，似乎覺得如果庫格納會對誰有好感，那也應該是他。浮遊客看起來正在腦中瘋狂地重整過去幾週對一切的看法。沒有人說話。

「別介意我們啊。」白兒終於開口說。

庫格納回頭看著我。「這是你的團隊，」他說：「一直都是。」

「那你為什麼要展現肌肉又賣弄技巧之類的？」

「我想給你留下好印象啊。」他說。我望向團隊，看見了他們的眼神。他們像是在說，真的嗎？想給*他*好印象？我知道我讓他們失望了，可是還不算無可救藥。如果這個新來的傢伙，這個超強壯又超有魅力的新人願意追隨我，說不定他們也會想起追隨我的初衷。說不定我也能重新想起。說不定可以。

□

或者不行。

今天是最終決戰的日子，**兩百五十六號戰鬥**。

第一波是巫妖，我們立刻就陷入了困境。

大鵬緊接著從空中出現。白兒拚命祈禱，但弗烈德似乎跟其他神明一樣，決定袖手旁觀，戰鬥才開始十分鐘左右，我就聽見了那句可怕的話。

白兒受到嚴重傷害。

我使出**強力移動**，可是效果微不足道。我們被一大群敵人包圍了。又有一波怪物從山頂過來。

楚靈受到嚴重傷害。

羅斯特金受到嚴重傷害。

浮遊客受到嚴重傷害。

這是最糟的情況。

還有更糟的。

庫格納受到嚴重傷害。

沒過多久，我們全都精疲力盡，被敵人排山倒海的力量與數量壓垮。

接著：

英雄受到嚴重傷害。

回天乏術。

我正飄向**轉生之處**。我通過天堂、通過地獄，通過一個跨維度的幽冥區域。

在那場大屠殺中，我的靈魂脫離了屍體，飄向一大片光亮，那是永恆的地平線，是世界的邊緣，那最後的畫面看起來多麼美妙與平靜。

我的遠征失敗了，雖然我很訝異故事會這麼結束，但真正意外的是我能夠欣然接受，接受這一切。

完 結

真的嗎？

就這樣結束了嗎？

我到了這裡。

我在戰場上方六十公尺的天空甦醒。

戰況慘烈。

不過從**完結**的這一側看來，一切彷彿是慢動作，就像編好的舞蹈，或者像是一場遊戲，玩家則變成不太真實的人物。就連自己下面那具無生命的軀體，看起來也像是某種被拉扯操縱的木偶。戰鬥無聲地進行，有如精彩的大屠殺芭蕾舞劇，我也開始好奇，這重要嗎？這一切重要嗎？我嘗試了。我盡力了。最多也只能這麼說，對吧。就是這樣。到此為止。現在，我發現自己正向上飄向永恆的獎賞。

這時弗烈德出現了，他的大臉穿透雲層露出來。我猜對了：他是個孩子。還沒進入青春期。一位神之子。看來就連神也必須成長。

「嘿，弗烈德。」我說。

「其實不是那樣念，」他說：「叫我弗雷就好。」

「好吧，很高興終於跟你見面了，弗雷。」

「你的情況看起來不太妙，」他說：「我為這一切感到抱歉。」

「為什麼要道歉？」

他看著我，像是在說你不知道嗎？

「什麼？」我說。

「這個世界，這一切，你全部的世界。」他試著找到適當的說法。我彷彿理解了什麼，手臂和後頸上開始冒出雞皮疙瘩。我試著釐清他想表達什麼，但感覺就像試圖想像更高維度的樣貌一樣困難。弗雷若非不能說，就是不想說。

「總之，我很抱歉，害你們陷入這種慘況，」他說：「現在我得走了。」

「就這樣？我們就是為了這個？沒有適當的結局？善與惡的力量、地形、歷史、命運，你說走就走，讓這一切煙消雲散？」

「我問你一個問題，」弗雷說：「你相信什麼？你相信自己嗎？相信你的團隊？相信英勇？相信善？你相信任何事嗎？」

「那可不止一個問題，」我說：「我想要相信。我相信我能夠相信。」

「我想這樣就夠了，」弗雷說，接著他揮了一下手讓雲層分開，並在天空中投射出兩條路──那是供我選擇的兩種未來。

一個方向通往**傳說之路**：

你已經歷了足夠的戰鬥。你的紀錄雖不完美，但已足以讓你在**永恆殿堂**贏得一席之地。選擇這條道路，你就能從平凡的世界消失。或許在你看見無窮無盡的爭鬥之後，就會心滿意足地明白自己已善盡本分。或許你會離開你所在的世界，成為一位小神。

另一個方向通往**光榮之死**：

在史上最慘烈的戰場中，你將與敵人決一死戰。也許你會獲勝。也許你會戰敗。也許你被擊敗後仍能扭轉致勝。也許你會犧牲自己殲滅敵人。現在返回你的團隊，揭曉結果吧。

「選擇你的道路吧。」弗烈德再次以神的聲音說。

楚靈的眼睛、鼻子、嘴巴、耳朵都在流血。

白兒失去了一隻手臂。

羅斯特金的兩隻手臂都斷了。

有一隻歐克蠻人正在吃浮遊客。

庫格納仰望天空。他似乎已經放棄了。

或許弗烈德就只是弗雷。或許我們一直在向一位九歲的小孩祈禱，而他媽一直吼著要他打掃房間。或許這一切就只是個遊戲，是某個聰明的設計師精心打造的程式，原因是出於無聊？善意？邪惡的好奇心？是某種對

照實驗，或者試圖調和決定論與自由意志？我的分數是多少？血量是什麼？我在這裡，在自己的故事之外，不再往右、也不再往左移動。我在畫面邊緣的另一側，在畫面之外。遊戲結束後，我就會明瞭一切。你知道嗎？就算懂得那一切，我還是可以在乎。就算知道那一切，我還是認為這很重要。這必須有意義。我們的神或許得離開一陣子。他可能是、也可能不是——故意讓事態發展至此。我們可能會被拋棄在那裡。他可能從未打算讓這種事發生，故事走向根本不該是如此，而他希望可以按下按鈕讓一切重新開始。

但感覺還是一樣真實。不過也不代表我們就要在這裡放棄。

「我現在真的該走了，」弗雷說：「這已經是你的故事了。」

他的表情彷彿在說，我很抱歉，可是我又有什麼辦法呢？他說得對。他充其量只是個小角色。他沒辦法讓我們脫離這個險境。他是個好人，擅長做他熟悉的事，不過這是我們自己要解決的問題。

我看見楚靈和庫格納在下方被痛宰。要是我回去那裡，情況一定很慘。我所有的朋友可能都會被殺死。就

算他們倖存下來，肯定也是重度殘廢，說不定還會因為我害他們陷入這些麻煩而責怪我一輩子。不過，事情本來就是這樣。沒人說這會很容易，或是愉快、有好處、能夠全身而退，或是我在下半輩子裡能夠得到任何榮耀、慰藉或片刻寧靜。但就算不能得到這些，我仍然是**英雄**。我就在這裡。這是我的故事。這是我的問題。我要回到下面解決。

╲╲ 給 初 學 者 的 人 類 指 南

第五章：大家庭關係

如果你跟**直系家庭**緊密地共同生活，必定會察覺在這種人際關係中，往往存在著一些棘手的財務與性心理動力學。

正因如此，你現在大概會四處尋找其他的可能性，例如歡樂、住處、參考點、分擔悲傷。你的**大家庭**就是一項豐富且未開發的經驗資源。

新新人類很容易對**大家庭關係**感到困惑，因為除了性伴侶、生意夥伴或敵人，他們看不出與其他人類來往的意義。以下內容或許能幫助你分類整理一些尚未被充分利用的資源。

堂表親

堂表親是**大家庭關係**中最關鍵的元素。這些典型的非核心親屬，能夠為人類來往對象的多元化組合提供良好的基礎。簡而言之，堂表親就是你能選擇的兄弟姊

妹。你沒虧欠他們、他們也沒虧欠你，但只要你想要，就可以將他們視為重要的人。

阿姨、嬸嬸

阿姨、嬸嬸算是不錯的實驗對象，可以用來測試你與你的人類母親能否良好互動。

注意：如果你有一位感覺非常遲鈍的阿姨或嬸嬸，無論她看起來多麼無害，千萬別以為她就會如你預期的那樣。感知資料可能會騙人。儘管外表如此，她很可能就與你在**世上的**母親一樣聰明。事實上，她等於是你**世上的**母親，只是躲在另一個人的體內而已。

其他與阿姨、嬸嬸相關的議題，已超出本篇的討論範圍。

再論堂表親

堂表親可以重複利用，也能帶來相當的樂趣。尤其在你的黃金／晚年時期。隨著跟你沒有血緣關係的**生命重要人物**（通常稱為**朋友**或**敵人**，會在之後的篇章討論）漸漸消失，或是你逐漸明白其實自己一點也不了解非血親的人（還發現自己越來越提防他們），堂表親可

能會忽然變得出乎意料的重要。例如：**偶爾造訪的堂表親、距離很遠但關係親近的堂表親**，以及極為常見的**不遠不近的堂表親**（對方會在你們雙方其中一人／兩人邁入中年晚期時，搬到你住處的方圓八十公里內，你們不清楚箇中原由，只覺得這樣的不遠不近莫名令人感到安心）。或許你有這種堂表親。或許你就是這種堂表親。

伯公、叔公、舅公

最近幾年，伯公、叔公與舅公引發了許多爭議。關於伯公、叔公與舅公有兩派看法。其中一派認為伯公、叔公與舅公與你的關聯薄弱到了極點，只不過是與你隔了兩代的某人手足。另一派則認為他們非常、非常愛你。兩邊都是對的。

爺爺

記住這個簡單的規則：你之於你父親，就像你父親之於你爺爺。

因此，如果你是男性，而且對於你的父親感到懼怕，那麼你對於你的爺爺就應該感到加倍懼怕。

其他跟你在**世上的**爺爺相關的議題，已超出本篇討

論範圍。

堂表親三部曲

如果你有許多堂表親，可能就會注意到孟德爾定律與等位基因分布是如何體現在他們的身體特徵上。你可以使用圖表輔助。

留意顯性和隱性特徵是如何分布於你在**世上的**（外）祖父母的子女中。你有時會發覺，雖然你在**世上的身體**跟堂表親在遺傳因子池[1]中擁有極為類似的子集，但只要稍微改變比例、重新組合，就可能在他們身上產生災難性的結果——不過情況也可能正好相反。總之，這樣可能很難適當地利用你的堂表親。

你往往不知道、或根本猜不到堂表親有多麼在乎你。到晚年才領悟真相的情形並不罕見。為了避免浪費得到喜愛、欣賞以及分擔悲傷的機會，請確認堂表親是否將你當成哥哥般敬佩，或者將你作為榜樣，尤其是那些身為獨生子女的堂表親。

其他跟堂表親相關的議題，已超出本篇討論範圍。

盤點

每天早上，我都會發現自己身處不同的宇宙。

日期似乎沒有任何順序。

某一天我醒來時，可能會漂浮於沸騰的紅色海洋。

隔天，我則是身處結凍的銀色沙漠。

大多數早晨，我一醒來，規則就全都改變了。

不過，我偶爾會在一個令人安心的地方清醒。大氣壓力。我能感受到重力如何扭曲光線：那是一種熟悉的感覺，就存在於我的肌肉裡、我的細胞裡，以及我的原子裡。

首先我會判斷自己是誰。就在我睜眼醒來之後。我是誰？我記得嗎？我做得到嗎？我能誠實嗎？這不是矯情。如果連我都不能在一個空蕩無聲的宇宙裡誠實地面對自己，還有誰可以？

　　接下來，我會確認重力。蜷倒在地上或整個人飄走可不好玩。

這是我的推測：我不是真的。有一個真實的人生活在真實世界的某處，而我只是另一種版本。

　　我有**自我**。我是他的假設。他的白老鼠。他的代理人，他個人的測試對象。我是他思想實驗中的小白鼠。臨時的小角色。電車難題[1]中的特技替身。碰撞測試機構[2]為了形而上的安全使用的假人。

在明瞭自己並非真實存在之後，我仍舊無法安心。不過很合理。一切都說得通了。為什麼我沒有自己的感受。為什麼我總覺得知道自己應該有什麼感受，但我每次產生那種感受時都會意識到、察覺到。

　　而且，就我能回想起的一切，這是一種冒牌的感覺。我並非查爾斯・游[3]。我猜那也可以是我的名字，但我總不太習慣。也許查理比較好。一個二手的原名。命名一個二手的人物。

真正的我就在外面的某處，安穩地睡在床上。每天早晨，他醒來時都是同一個人。

每天早晨，我醒來時都是他的奇怪版本。

以下是我對查爾斯‧游這個人的所知：

1. 他是個男人。

2. 他在市區一棟辦公大樓的七樓工作。

3. 他獨居。

4. 他很寂寞。但他並不是一直這樣。

對於查爾斯・游，我不知道的是：前述內容以外的一切。

例如，我不知道自己是如何來到新宇宙。我進入這個世界的機制。我不知道已經這樣生活了多久。我不知道如何預測隔天的世界會是什麼樣子，甚至不知道這是否能夠預測。我只能閉上雙眼，等到明日揭曉一切。

這是什麼情況？一種永恆的暫時。活著、走路、呼吸、思考，幾乎像是個人。一種偶然。對我而言，沒有什麼是不可或缺的、沒有什麼是特別的，也沒有什麼是必要的。是離散片刻的總和，是一個潛藏的人接連發生的許多（或少許）變化，那些片段合計起來，差不多就等於一個人的負空間[4]，是他未成為的一切、他想像可能成為的一切，這麼說來，我的形態就是查爾斯．游的形態，是一種奈克方塊[5]，是艾雪[6]的蝕刻版畫，有背景與前景，由我真正的**自我**所描繪出的「我」，我的邊緣就是他的邊緣，我的邊界就是他的邊界，由一條線分割了一個平面，分割出一個空間區域，由一條線創造出兩個實體，一個是真實，另一個則是其他的一切。

這樣的我，無法直接進入真實世界。我只能依靠推論。根據我在每個瞬間見到的一切判斷。

　　查爾斯・游的世界始終一樣，日復一日、時時刻刻，我所存在的世界卻隨時會因查爾斯的轉念而改變。或是他對某事感到好奇的時候。或者是漫無邊際做白日夢的時候。

我總是會忘記：只有我才知曉世界每天都會改變嗎？還是其他人也知道？

　　今天我醒來時是個男人。我的臉沒變。看起來跟睡前一樣。我在照鏡子。看起來還可以。我是這麼覺得。我感受到什麼？現在這是什麼感覺？我感覺很糟。剛剛好像發生了什麼事。某件大事。怎麼了？是那件事讓我感覺很糟嗎？如果是，為什麼我感覺很糟。是不是我做了什麼，或經歷了什麼？兩者皆非？兩者皆然？

　　沒有人跟我在一起。我在一個房間裡。某種等候室。最遠的那面牆邊有一個水族箱，裡面裝了三條魚：一條是有條紋的銀色魚，游速很快；一條是金魚，在魚缸的中央；還有一條黑魚，看起來很慵懶，身後的鰭像一面旗子。缸裡的水正在沸騰，是紅色的。

　　你正等著看醫生嗎？某人問我。

　　我不知道這裡有人。我說。

　　你從來不知道，她說。

　　從不？真的嗎？

　　從不。

　　等等，我說，我認識妳嗎？

　　不，她說。你不認識我。但我認識你。

我很常聽到這種對話。人們認識我。我覺得我應該要認識他們。我因為不認得他們而感到內疚。好像我的確該感到內疚。我覺得自己很膚淺。我覺得我是個假貨。我怎麼會不認識這麼多好像認識我的人？有可能以這種方式過活嗎？顯然可能。我不認識自己，我不認識我的朋友，我不認識出現在我生命中的人。不可能只有我這樣。這給了我一些安慰。我是這麼告訴自己的。我是世界的產物。一種副產品。這可不是我要求的。這種越來越稀薄的存在。這種越來越空洞的狀態。我跟人們只有最低限度的互動。我什麼都感覺不到。從來沒有。幾乎沒有。很久沒有了。儘管如此，偶爾還是有機會能夠交流。等候室的女人。這位接待員。她認識我。這個人跟我有什麼關聯？我該如何定義我們這種關係？僅此一次，有限度、正式、拘謹的交流，完全取決於我們的情境，甚至取決於我們之間那面櫃台窗戶的實體，那片窗玻璃的尺寸。我是否在乎這個人，還是曾經在乎過？或者她認識真正的我？就是這樣。她認識查爾斯·游。他在想她的事。他把她跟我放在這個房間裡。把我們放在這裡，還有一個水族箱。她的年紀跟我差不多，戴著黑框眼鏡，臉上的表情彷彿在說她知道真相，事情的真

相與我有關，而且是我應該要知道的真相，可是我卻不明白。我認為我對她有某種感覺。我相信是這樣。我相信我認為自己感受到了什麼。一定有。這是個開始。只是她已經不在了。那是昨天的事。那一天結束了。

為什麼會有人以這種方式想像自己？為什麼我的**自我**要對我做這種事？他在等待什麼？他等著要見誰？

世界能夠以什麼形式呈現？

環面、鞍形、歐幾里得平面[7]，在膜上、在一根弦[8]上、在全息影像中、在高速行駛的列車上、在無限迴圈中，是三十秒鐘的宇宙[9]、是最大熵宇宙[10]、是時間之箭[11]向後射出的宇宙。一個沒有因果關係的宇宙。

在最糟糕的日子，我會感覺良好。在最美妙的日子，我知道我會感覺不太好。

當我每天早上醒來時，幾乎一無所知。關於自己的事。或者其他任何事。每天早上能指望的就只有一件事，我不必睜眼就能確定的事。

　　她不在了。

她是誰？

要是我能找到一些線索就好了。我連好好思考都很困難，甚至無法長時間沉澱一個想法。我似乎無法累積任何動力。細節會使我分心。光是要釐清每天的規則就令我疲憊不堪了。把規則拼湊起來，仔細審視，試圖找出模式、發展的跡象、任何潛藏的意義——簡直不可能達成。我是車上的貨物，不是火車頭。我的思緒只能隨之前進。

要與這個世界產生連結很困難。其他人每天都有不同的生活。我可能連續三天都在同一個女人身邊醒來，或是連續三百天，但我根本不曉得她隔天早上是否會出現，或是一個小時後是否還在，或者世界是否會趁我不注意時完全改變。她可能會徹底變成另一個人。我或許能從她的眼中認出什麼，或者她也可能不是女人。她也許會變成男人。或是信箱。或是一片空蕩的場所。或是一種感覺。或是一首歌。我可能只會像一個人在夢中認出某人那樣認出她，就像某個東西其實是某人，而那個某人其實又是另一個人。

這段人生：不必費心自省或試圖理解我的本質與行為。不必好奇我為什麼是這個樣子、為什麼會做這些事。只要放輕鬆，扮演好你那天的身分就行了。我猜。我猜是這樣。

醒來。早晨。

我盤點了一下這個世界：

我。

確認。

床。

確認。

太陽升起。

確認。

我醒來。很晚了。她不在了。

　　查爾斯·游做了什麼？查爾斯·游想達成什麼？就是這個嗎？一間實驗室，一項試驗，一個受控的空間，一項模擬，在每一次的條件都有些微不同的情況下反覆運作的程式？

我醒來。盤點。很晚了。她不在了。

這種隨機轉換場景的生活，全都是他的生命劇本，在他的憂慮、掛念與幻想下運作。總有一天一切都會說得通。那就是我的計畫——繼續沉重緩慢地前進，每天早上起床，每天晚上睡覺，而在這之間，持續度過的每一分鐘、經歷的每一種情況，大部分都毫無意義，有些甚至很可怕，要是我繼續跟這些既陌生又熟悉的人交談，要是我繼續如此，那麼真正的查爾斯・游，那個真正的**自我**就會浮現，到時他想要、在乎或喜愛的一切都會顯露出來。

太晚了。她不在了。我盤點情況。

有一張紙條。

是她留的：

你不知道我是誰。

以及：

你也許永遠不會知道。

我從未見過她，更別提知道她是誰了。查爾斯·游真的認識她嗎？他只曉得自己每天都會看到她。我每天成為了誰，就是誰。任何人對任何人來說，就只是一連串的日子。他們結婚了嗎？他們相愛嗎？

我該怎麼樣才能找到她？我該怎麼樣才不會錯過她？事情不是這樣運作的吧？我無法控制她在或不在。她不在了。這是已知的事實。她必然有離去的原因。我能夠怎麼做？有什麼是可能的？有什麼是可以相信的？全部的世界都有規則嗎？

夢有規則嗎？

這一切有重力嗎？或物理現象？機運？或歷史？

夢裡有未來嗎？

我很早就醒了。或者我仍然在做夢?

太陽正在升起。從北方。我今天的第一種感覺:她在這裡。我下樓。是她。不管是誰。我從後方看著她,她穿著一件長襯衫,深褐色頭髮剛剛好蓋過肩膀。我很緊張。我不知道距離上次與她說話已經隔了多久了。我不知道她是否會記得我。我對她了解多少?讓我思考一下,她看起來很年輕。沒想到這麼年輕。等一下,我年輕嗎?她一定知道我現在就站在這裡。名字的開頭。是M嗎?是M。已經很不錯了。別把自己逼得太緊。你會想起來的。我還沒醒過來嗎?如果我要跟她說話,就得先想出一個名字。或者不用?要是我們結婚了,我就不會說她的名字。早上不會。我會嗎?我不是只會親吻她、摟住她的腰,用鼻尖輕撫她的脖子嗎?那就是我要做的事情嗎?萬一她恨丈夫呢?如果我們的婚姻很糟糕呢?如果、如果、如果?我是不是受困在一種充滿如果的故事中了?那又怎樣,有什麼了不起的。誰不是?我認識的每一個人都是。如果你辭了那份工作、如果你斥責了他,如果你在真正重要的那個時刻說出口?如果你做了你知道會改變一切的選擇,能讓她、他與你都開心呢?如果今天就是世界末日,你卻從未告訴她你愛她

呢？如果你生命中的每一天都是世界末日，你卻仍舊從未開口呢？

如果查爾斯·游什麼都沒失去呢？如果他非常開心呢？如果有一天我醒來時能夠變成他，情況反轉過來了呢？如果我能知道成為真實是什麼感覺呢？如果我發現他有一位妻子和一個孩子，而且真的很幸福呢？我能想像那會是什麼樣子：感到快樂，也曉得不是每個人都快樂，知道快樂要付出代價，代價就是一種失落。快樂與失落，互相糾纏，兩者永遠並存。如果我發現真正的我心滿意足、心懷感激呢？我怎麼能夠一邊替自己感到開心，一邊想起我總有一天會失去所有重要以及不重要的一切？每個人都會失去一切。一切都會消逝。如果我發現在我的現實生活中，我的**自我**——這個叫查爾斯·游的人——其實從未失去她，從未失去這個女人？為什麼他要這樣對我？為什麼他要幻想最糟的情況和那些難以想像的事？為什麼要讓我經歷那些？是因為好玩嗎？為了滿足他的好奇心？如果他需要我呢？需要我才能讓他完整。我們其中一人擁有某種東西，另一個人則失去了那個東西。其實，我從未擁有過我失去的一切。我就是他失去的那一部分，他失去的那一面，那些從未發生的部分。

我醒來了。我盤點了一下情況。關於查爾斯‧游，
這些是我所知道的：

　　1. 他是個男人。

　　2. 他有一位妻子和一個孩子。

　　3. 他仍然很快樂。

　　4. 我永遠無法理解他。

最後情況會明朗。總之我是如此希望。我在內心深處一直如此相信，不過最近我開始好奇自己怎麼會有那種想法，也開始好奇許多的如果。如果我這樣做不對呢？如果我錯過了什麼呢？睡過頭、沒留意、一時恍神，反正就是錯過了。對於我能回想起的部分，我一直有一種預先的感覺，彷彿我處在即將發生某事的瞬間前，感覺事情即將發生、但又還沒發生。然而，最近我又開始有了另一種感覺。一種後續的感覺。我一輩子都處於某件事發生之前、之前、之前，我就是為了即將發生的事而存在。結果，一切就這樣突然變得像是已經發生了。某件事發生之後的感覺。在之前與之後的中間，應該發生了某件重大的事吧？當下、現在、瞬間。如果我不小心錯過了、如果它跟我擦身而過我卻不知道，或者更糟——如果我從來都做不到呢？如果我度過了一生，卻從未提出那個關鍵的問題，也就是我應該問自己的那個「如果」？

有一陣子，我猜想自己還身在一個愛情故事裡，不過我醒來時旁邊幾乎沒有人。這種情況偶爾還是會發生。如果發生了，無論我在哪裡，在海中，或在某個遙遠小行星的衛星上，哪裡都不重要，而且無論她是否曉得我是誰或者我是否明白她是誰或者重力有多強或者我可能感覺很糟或者這是邏輯上不可能存在的世界，總之只要她在，我會做的第一件事，就是告訴她，我很高興見到她。

╲╲ 打開

　　首先發現的是莎曼珊。我不清楚一切是如何開始的，但我中午回家時，莎曼珊就站在沙發前，甚至在我進門時嚇了一大跳。我不確定自己為何會煩惱這種事，也許是因為我總認為人只有在有所隱瞞時才會如此提心吊膽，結果我太在意莎曼珊的反應，過了一會兒才注意到她在看什麼，那是一個很大的字，就在房間正中央。

　　「我們得談談那件事。」我說。

　　「為什麼？為什麼我們每次都要談個沒完沒了？」

　　「那個單字『door』（門）就飄浮在我們的公寓裡。妳不覺得這必須討論一下嗎？」

□

　　我們沉默地共進晚餐，假裝頭頂上沒有懸浮著

「door」。莎曼珊很早就睡了。我看了一檔介紹有毒蜥蜴的節目，還用莎曼珊的咖啡杯喝了味道很糟的熱威士忌。節目播完後，我沒洗杯子就將它放回櫥櫃了。當我悄悄上床時，從她的呼吸聲聽得出她還醒著。

「說吧。」莎曼珊說。

「我才不說。妳說。」

「為什麼非得要我說？」

「因為是妳把那東西帶進來的。那個想法。是妳變出來的。」

我們的臥室很小。我從被子底下伸出一隻腳挪開門，想讓她看看那個單字。可是它已經消失了。

「莎曼珊。」

「我不在乎。」她背對著我說。

「它不見了。」

「我早就叫你說出來了，」她說：「現在我們失去機會了。」

□

凌晨三點，我被莎曼珊弄醒，她將手伸進我的上

衣，指甲滑過我的背。她靠過來，親吻我的耳後。

「結束了。」她說。

「我知道。」

「你要我搬出去嗎？」

「不，我會找個地方。」

「你可以幫我從廚房拿杯水來嗎？」

我走進客廳。

「呃，」我說：「妳可能會想過來看看。」

在我們客廳中央的不是單字「door」，而是一扇真正的門。

「就像那部電影，」她說：「《怪獸電力公司》（Monsters, Inc.）。」

「其實像我剛讀過的一首詩。」

莎曼珊對我翻白眼。

「所以你要打開這扇門嗎？」她說。我遲疑了一下，但在我開口之前，她就開門進去了。我站在原地，不敢跟進。也許世界開了一個洞，詩與電影就從那裡進入了現實。說不定我們才是詩與電影，這是我們進入現實世界的機會。

就在我打算去找莎曼珊的時候，她從那扇門回來

了，臉上還帶著傻笑。

「妳喝醉了嗎？」我說。

「沒有。好吧，有一點。好吧，很醉。」

「妳根本不喝酒。」

她說那裡有一場深夜派對。那裡每個人似乎都認識她。然而，又不是他們認識的那個她——至少感覺不是那樣。

「那裡還有其他夫妻。他們也知道你是誰，他們不斷詢問你的事。」

「那是性愛派對吧？妳是說我們參加了一場性愛派對？」

「哎喲。太噁心了。不。才不是你想的那樣。」

「不然那到底是什麼派對？」

「大家認識我們。他們喜歡我們。不算是『我們』，這很難解釋。你得自己過來看看。」

□

是我們，但我們在演出。

我覺得不太像自己，而是變得更好、更風趣了，就

像正為了某個人拚盡全力。

我與莎曼珊交談時，就像在念台詞。彷彿有人在觀看似的，我們試著營造出一種印象。我們想營造出快樂且相愛的印象，而且會互相調情，隨時讓對方發笑。

在派對的某一刻，我將一隻手放到莎曼珊的腰部後方，在她耳邊低聲說：「我愛妳。」那種感覺非常自然，讓我感覺自己是真的愛她，就算我從未在門的另一側做過這種事也無所謂。

但那不是我們。我從不會把手放在她的腰後。我甚至不喜歡「腰後」這個說法，而且我這麼做的時候，感覺比較像是我「將手放在她的腰後」，而不是真心這麼做。這是一種手勢而非動作，我也不是因為想觸碰莎曼珊才這麼做。我只是為了讓自己有這麼做的感覺，為了向其他人展示我們是會這樣互表愛意的夫妻。

□

「我喜歡那裡。」我說。

「我們明天應該再過去。」莎曼珊說，聽她的口氣，我知道無論我有沒有參與她都會回去。

現在是凌晨五點。我們躺在床鋪的被子上，完全清醒，腦中還迴盪著餐具的碰撞聲跟嗡嗡的交談聲。

我們隔天晚上回去了，隔天的隔天晚上又回去。我們正在做一件無以名狀的事。我們都不想談論「door」是什麼。我們都不想冒險毀掉一件美好的事。我們每天夜裡下班回家，就會沉默地換好衣服，然後通過那扇「door」。無論誰先回家，都會打電話向另一個人確認「door」是否還在。

我們越來越習慣在「door」的另一側生活。我們學會如何出現在派對上，以及如何離開。我們學會何時該在派對中退場，能在最適當的時刻尋找「door」離開。如果我們逗留太久，就會與眾人一同迎來派對高潮，但接下來就變得乏善可陳了。每到那時，派對現場的人就會感到寂寞、覺得無法脫身，而且有點焦急。另一方面，要是我們太早離開，回家之後，就會感到好像把自己的某一部分留在了別處，彷彿重心被搬移了，移到介於**這裡**和**那裡**之間，而我們已經不在原處。我們不屬於任何地方。

□

我察覺到自己比較偏向那裡，而非這裡。莎曼珊也一樣。

開始通過「door」之後，起初，我們是在這裡過生活，接著去另一側當其他人。現在，我們漸漸變成了那些人，儘管那些人就是我們，當我們待在這一側時，越來越常發覺自己不確定該做什麼，或是當無人注視我們「表現」或「對待彼此」時，該如何表現或對待彼此。我會試著觸摸莎曼珊的臉頰，但她會躲開。當她換衣服準備出門上班時，我會試著像以前那樣摟住她的腰，但她會轉過來看著我，表情像是在說**你以為你在幹嘛**。且即使我沒顯露出來，但心裡也有同感。在兩人獨處時親密對待彼此，感覺異常虛偽。彷彿我們是沒有觀眾的戲劇演員，我仍然堅持彼此應忠於角色，可是她已經演不下去了。無論我們在那一側是誰，現在的我們都成了那個模樣。我們需要有觀眾才能成為我們。變成「我們」。

我越來越少參加派對，最後完全不去了。起初，她說大家都很好奇我發生了什麼事，但過了一陣子後，她就不再談這件事了，而我也不想知道。我猜故事改變了。也說不定是她改變了故事。

□

　一天早上，她在太陽初升時從「那裡」回來。她悄悄進入浴室洗澡。我聽見她哼著一首陌生的歌。她渾身溼透地出浴，一邊吹著頭髮，一邊仍然輕輕唱著歌。

　「妳把東西留在這裡已經沒有意義了。」我說。

　「我也這麼想。」

　我去衣櫥拿她的提袋時，發現公寓的外牆不見了。

　「嘿，妳來看看這個。」我說。

　她來到客廳，仍然赤裸。我們兩人站在那裡，彷彿來到了舞台，踩在自己的舞台標記上，就像站在一座隱形的鏡框式舞台[1]上。

　「我們像站在立體的透視模型裡。」她說。

　我緩慢移動到邊緣向下看。我們在一棟五層無電梯公寓的頂樓，距離底下的人行道至少有十五公尺。我能看見大樓外那棵大樹的樹頂。我覺得這是一個機會，或是一種徵兆。

　我好像應該說點什麼，便脫口而出了。

　「我好像應該說點什麼。」我說。

　「看看那個。」莎曼珊說。她指著懸浮在地平線上

的「open」（打開）。

我回想起我們第一次在公寓看見單字的那個下午。那時我出乎她的意料，在與平常不同的時間下班回家，而日常模式被打亂之後，我們原本封閉的身體和語言體系也隨之大亂。我那時太早回家、她來不及換裝，導致了某種改變，而我們再也回不去了。

「在那裡。」她一邊說，一邊指著那面牆原本豎立的地方。

那個單字「door」又回來了，就像一艘飛船懸浮著，等著帶我們去某個地方。那個單字開始飄離，於是莎曼珊伸手抓住了左邊的「o」，又爬上去騎坐在那個字母上，單字兩旁的引號有如翅膀[2]，讓她停留在半空中。她望向我，想看我會如何決定。我想問她是否希望我跟她去，但我明白這正是她受不了我的地方。我可以讓她自己去，告訴她我會在這裡等她回來，不過我很清楚再也不會見到她了。或者，我也可以跟她同行，我們可以繼續尋找新的門、可以繼續前進，直到發現那個地方，或是那部電影，或是那首詩，或是那個故事。那個故事是為了我們而存在，故事中不再有「她說了什麼」或「她做了什麼」，我們所說和所做的一切都是發

自真心，就算永遠都找不到那個故事，我們也會一直打開門，直到所有的門都被打開為止。

　　致另一個自己：

　　今天我在報紙上讀到了量子多重宇宙，文章說外頭有著數十億個我。你知道這件事嗎？總之，我有個提議想供你參考。如果你有興趣了解我的想法，請回覆我，我會詳細解釋。

　　急切等待你的回答，
　　我。
　　你。
　　我們？

致自己：

我正想寫字條給你，討論同一件事呢。

祝好
你

致另一個自己：

是嗎？哇塞！等一下，什麼？

致自己：

我想你搞混了。

祝好

你

致另一個自己：

我搞混了？我想你才搞混了。

無論如何，那不重要。這也是為什麼我要寫字條給你。今天早上，我一邊吃早餐（穀片搭配切片香蕉與脫脂牛奶）一邊看報紙，在科學版上看到一篇關於多重宇宙的文章（通常我不會看那類文章，但穀片搭切片香蕉是我的最愛，而我剩下大約三分之一的香蕉還沒切來吃，於是又裝了第二碗，但沒有裝滿，大概只裝了第一碗份量的三分之一，這樣穀片與香蕉的比例才對）。我讀完了運動版跟財經版，然後

致自己：

你隨手拿起了週二的科學版。

致另一個自己：

沒錯。你怎麼

致自己：

知道你要說什麼？拜託，老兄。

致另一個自己：

噢，也對。懂了。說的好啊。我覺得很傻。

致自己：

我也覺得你很傻。

致另一個自己：

總之，我說到哪裡了？

致自己：

你說到……等一下，在我們討論之前，我可以先提
另一件事嗎？

致另一個自己：

我想我知道你要說什麼。

致自己：

也是。你大概知道吧。事實上，你知道的機率應該有百分之九十九點九九九九九九九九九吧。你不是我的另一個自己。你還是很困惑。等一下，這是否表示我也很困惑？現在我真的很困惑。

首先，這算是一件小事，但跟我想要說的大事並非毫無關係，是關於你對我的稱呼。我覺得不應該叫「致另一個自己」。應該是「致自己」就好。我不是你的另一個版本或複製品。我就是你。

致另一個自己：

在任何地方都完全相同,甚至是每一顆粒子的粒子態。我再同意不過了。

致自己:

沒錯。這就是重點對吧?量子計算。就是因為如此,你才會寫字條給我,寫給你自己,寫給我們。我怎麼會如此確定?因為這正是我寫字條給你的原因。所以別叫我**另一個自己**。叫**自己**就好。你叫我**自己**,我叫你**自己**。

致另一個自己:

收到。

致另一個自己：

唉呀，抱歉。

致自己：

這不會是——不可能是——我們兩個之間的對話，至少不是我們第一次寫信給彼此時想像的那樣。你寫給我，我思考你寫的內容，我回覆你。無論這會引發什麼樣的互動，事情都不是這樣運作的。對吧？

致自己：

對。了解。完全同意。我們就別再拘泥於信件的形式，直接寫一封長長的信給我們自己吧。聽起來如何？聽起來很棒。很好。很好。很好。很好。很好。很好。

你可以停下來嗎？好吧。抱歉。抱歉。抱歉。停下來。好吧。好吧，所以我們就是這麼想的。你已經讓我們有點離題了，而且你馬上就會知道，我必須保持專注這件事有多重要。我猜，問題在於我不太確定其中牽涉了什麼。正因如此，我才會寫這封信給你。其實，我並不清楚為什麼要寫這封信。我只知道我正這麼做——我指的是寫這封信給你——等等，我猜我連這一點也不太確定。第一原理[1]。回到原點。基本假設。我就是我。你就是你。

我是誰？我是你。而你是我。我們是同一個人嗎？這取決於你對人的定義。我對於人無法提出有效可行的定義，我猜你也沒辦法。先前說過，假設在你那裡的現實中仍然有叫科幻小說的東西，那麼你就應該熟悉多重宇宙的概念。你一定很熟，因為我所謂的「你」其實是我這封信的目標讀者，而根據定義，這位讀者是了解這種概念的另一個我。好了，回到多重宇宙：該假設認為有多種可能的宇宙存在（包括你的宇宙），它們共同組成了所有的物理現實。

總之，我猜這大概是我們得先建立的第一個前提。

多重宇宙？是真的。

多重宇宙裡有不計其數的你。我是其中一個（你現在坐著嗎？我坐著）。我並不是特別重要，我也很確定自己不可能有多重要。但偷偷跟你說，我可能是個有趣的人，因為在你讀到這段文字的第三句之前，你並不知道我的存在，也不曉得外面有你跟我的無數個版本。雖然我們有書信往來，可是我們並未告訴自己，也並未告訴彼此。而現在我們說出來以後，我們兩個都知道了。你現在知道了，所以我也知道了。反之亦然。是我告訴你這件事的。我猜我之所以很重要，是因為我坐在這裡，就在我的宇宙裡，而我領悟到要是真的有多重宇宙，那麼就應該能夠藉由在我的宇宙寫信給自己，與其他版本的我溝通。我猜困難的部分，是要想清楚該怎麼表達，以及對誰表達。我覺得我必須採用你能夠接受的術語，所以才提起科幻小說，但我又不想完全把這當成科幻小說，這樣你才會知道我有一定程度的自覺，尤其是我明白這一切聽起來有多麼瘋狂。不過現在我又想到，既然我可以稱其為科幻小說，卻沒這麼做，那麼外頭一定有個世界是我寫了這封信給你，但確實把它當成了科幻小說，而那個版本的你／我讀到這些時，會認為一切都是科幻小說，這也沒關係。我們別管他了——反

正這必定會發生。他在我們開始寫這封信的那一刻，就與我們分離了。你是我的目標讀者。我猜我也是你的目標讀者。所以，我沒稱其為科幻小說，是因為我的人生很真實，你的也是，雖然這一切對你而言可能太遙不可及、太過荒唐也太過抽象，但這對我很重要，我知道這對你也很重要，而我坐在這裡，思考著一切的可能性，已失去的與永遠無從知曉的宇宙、乘載了所有遺憾的宇宙，以及充滿了所有本來想要、可以、應做之事的宇宙，這三種不同類型的宇宙，每一個都跟你現在所處的宇宙一樣真實。事實上，說不定你現在就身處其中之一。你現在認為「理所當然」的事情，在某人眼中則是「本來可以」去做的事。

我們在此創造出一個空間，一處讓其他版本的我們能夠會合的地方。這場聚會可以在任何地方舉行，就像時空旅人大會。只要把這些寫在紙上，寫一封「致自己」的信。我給自己的字條，和你給自己的字條糾纏在一起。因此你才會跟我一樣，坐著寫信給你自己。

我們正在通信。

我們是在對應宇宙裡通信的通信者。

這就是寫作嗎？多重宇宙中的自己們彼此合作？我

曾在你貧瘠如沙漠的想像力之中，艱難地一點一滴擠出故事。

你曾經在靈感忽然來臨時匆匆寫下故事，你的額頭溼黏發熱，因為你正努力跟上不斷湧現的文字——不過是從哪裡來的？你找不到源頭。你不明白為什麼。你覺得你了解何謂寫作嗎？

我的經歷豐富，你大概也是。你現在讀這封信時，是什麼情境？我是作者而你是讀者嗎？或者你是寫的人，而我是讀的人？如果你認為是你在書寫，那麼你覺得內容是從何而來？如果你認為你在閱讀，那麼這算是你被動得知的資訊嗎？還是你覺得你也能創造這些？它是出現在你腦中的聲音嗎？你的腦中出現自己的聲音？

當然，我覺得這些都是我寫的，也都是我想到的，但話說回來，我又怎麼能確定呢？

我怎麼能比你更確定呢？

致自己們：

各位好啊！

哇塞。

那是什麼？

我不知道

我們又分離了。

你們不等我就開始了！

啊——！！！

別激動。

你是誰，你怎麼進來這裡的？

什麼意思？我就是你們。我完完全全就是你們啊。

你才不是。你的字體不一樣。

啊！怎麼回事？發生了什麼？

我換成他的字體了！

大家好

啊！現在是怎麼回事？

好了，別再崩潰了。

我怎麼可能不崩潰？情況越來越糟了。

抱歉，我嚇壞你們了。

我在此召開第一百零一屆自我年度大會。

那是誰？

是你。

才不是。

就是。

在搞清楚情況之前，我不會再開口說話了。

我也是。

我也一樣。

哈囉？

哈囉？

哈囉？

哈囉？

哈囉？

到底有多少個我們？*哈囉*。哈囉。哈囉。**嗨**。*唷*。我們人數夠了。**會議開始**。*隨時就緒*。我們知道我們要幹嘛嗎？計畫是什麼？*有人要提計畫嗎*？**任何人**。誰先來吧。拜託，誰都行，任何人都好，先提吧。***誰都行，任何人都好。***

Thank You Thank You
Thank You Thank You
Thank You Thank You
Thank You Thank You
Thank You Thank You
Thank You Thank You
Thank You Thank You
Thank You Thank You
Thank You Thank You
Thank You Thank You
Thank You Thank You
Thank You Thank You
Thank You Thank You

Thank You

☑ 謝謝你

⟩⟩ 衛士 [1]

今天我們抵達了最後的邊疆。

又來了。

大家都不想當第一個發話的人，總之在這種情況下，我們會吃蛋糕、喝啤酒，對彼此露出笑容，同時眼神像是在說，有人知道這究竟是怎麼回事嗎？意思是，這真的很酷，但說真的——這究竟是在搞什麼。

我在觀測甲板上看著它。最後的世界。我感到興奮嗎？當然。即使這是我們第十七次來到此地。我很興奮。我猜我們還在尋找。嚴格來說，我猜會永遠尋找下去。只要我們還在這艘星艦上、穿著這些制服，我們就要尋找。尋找某個東西。那沒什麼不對。不過老實說，最近的行動越來越不像是在尋找，比較像是在遊蕩吧。

週一：

他們會在週一早上宣布本週的出勤隊伍，每次都是

相同的陣容：我們的艦長、大副、醫官、首席安全官、人種學家，以及無名的衛士。

這週的衛士：我。

而且：衛士一定會死。

要是我能在上任前得知這項實用的資訊就好了。

他們說，這是你的新制服。

他們說，喔耶，你加薪了。

他們說，嘿，想不想升遷啊？我說，想啦，想啦，我小時候就想成為衛士了。與艦橋的軍官一起潛下地表。穿著那套新制服，多拿到那麼一點點薪水。

他們說，對，對，就是那樣。他們說，那甚至比你想的更酷。他們說，棒極了，棒極了，很好，很好，一切都好，恭喜。

沒有人說過衛士會死。

□

銀河人資部門指派我為**專業應急兵**[2]。

我們在軍官餐廳共進早餐。

他點了一份丹佛蛋捲[3]、一碗穀片配半脫脂奶、一

個英式瑪芬、葡萄柚汁、咖啡、一瓶Yoo-hoo牌巧克力飲料。

「尼應該吃個瑪昏。」他嘴巴塞滿食物說。他嚼著一大塊澱粉食品，再配著穀片碗裡的牛奶吞下去。「早餐是一天之中最重要的一餐。」

「你現在幾歲？」

他說十二歲，不過要我賭的話，我會猜他是十歲，頂多十歲半。

「你想跟我聊聊嗎？」他說，又叉了蛋與甜椒放進嘴裡。

「我沒事。」我說。

「回便你。」他邊說邊咀嚼。噴出了一小塊炒蛋。

我看著他狼吞虎嚥。吃飽後，他用一張紙巾包起英式瑪芬，打算晚點再享用，接著遞給我名片，表示當我開始對無意義的死去感到沮喪時就撥給他。

「或是當你出現怕死的症狀時。」他說。

我問他，什麼是怕死的症狀。

他思考了一下。

「大概就是害怕，」他告訴我：「而且是極度害怕。」

「問題在於 ——」我開口。我想告訴他說我結婚了，剩下不到三個月就要成為父親，若我在這週死掉，就會徹底打亂家庭計畫。我想宣洩出來，可是出於某種理由，我做不到。於是我只是跟他說，他的衣服上有一小塊火腿。

「得分。」他說，然後把火腿丟進嘴裡。

□

那天晚餐時，我絞盡腦汁想著該怎麼跟妻子解釋。

「他們在今天早上公布了名單。」

「然後呢？」

「妳正看著出勤隊伍的最新成員。」我說。

「是嗎？」她說，想握住我的手。

「是啊。」我說，抽開了手。

「等等，這不就是你想要的嗎？」

「我是衛士。」

「喔，」她說：「等等，那是什麼意思？」

「我大概在這週就會死掉。」

「所以，沒有電影之夜囉？」

「我是認真的。」

「我也是。我愛電影之夜。」

「我是衛士，」我逐漸提高音量。「妳知道那代表什麼嗎？」

她搖搖頭。

「衛士一定會死。」

她放下叉子，沉默了一會兒，只是坐在那裡，一隻手撫摸著她的孕肚。

「有一份小額保險單，」我說：「是**人資部門**給的，我去拿過來。」

我拿著文件夾回到房間時，她正準備穿上外套。

「呃？」我說。

「這太扯了。我們才不要靠死亡保險金過活。」她通常不會這樣說話，但她已經懷孕二十八週了。她可不是在胡鬧。「我要去見艦長。」

「喂喂喂，」我說：「妳不能那麼做。妳甚至沒穿褲子。」

「你不能因為這個新工作死掉。」她說，而且她說得對。不得不承認。「我愛你，但無論怎樣，我也說過了──你的新工作很爛。太爛了。住在改裝過的小房間

很爛。你甚至也有點爛。唯一不爛的是我們即將擁有的這個寶寶。」

「妳知道，有些人會很開心。這是升遷。」

她只是看著我，一副你以為你在跟誰說話的表情。

「好吧，」我說：「我會找他談談。」

那天晚上我輾轉難眠，一邊看著外頭的宇宙背景輻射[4]，一邊思索自己該對艦長說什麼，才能讓他覺得我值得拯救。

週二：

我們在傳送區。我們像光束般被傳送下去。感覺真奇怪。我很好奇是否有人跟我一樣興奮，後來才明白這種想法有多麼愚蠢。他們當然不興奮。他們一週要被傳送三次，早就厭倦了。他們是管理階層。過得很舒適。應該說是懶怠。自從他們決定在軍官餐廳提供免費霜淇淋以來，艦長彈力緊身衣的腰部看起來就變得更緊了。讓人很難不注意到。

當我們分解消失時，艦長開始長篇大論。

只要他稍微吸氣縮腹，你就會知道他要開始講這些廢話了。他每次都會在傳送器裡這麼做，因為我們在分

子校準期間是不能移動的。

接著他會露出那種陷入無垠之中的表情。這是科幻小說的時代，他說。每個人都直視著前方。

當今我們對於世界的知識，已經超出我們所能相信的範圍，讓我們無法相信自己所見，無法相信自己能做到什麼。

他就是有辦法讓說出的話變成斜體。

我們的能力已經趕上、甚至超越我們對於可能性的直覺。我們已經超越了自己。雖然我在艦上的喇叭已經聽過這段長篇大論五千次，雖然我知道這些內容出自艦上的講稿撰寫人，我仍不禁受到了一些鼓舞，稍稍回想起那天在招募辦公室裡看著海報的感受，當時我是去報名參與任務，並想像著探索宇宙的感覺。

接著我們出現在另一個世界，這裡住著擁有自我意識的黏性生物，到處都是綠色的糊狀物，牠們的生殖方式就是不斷分泌，還會在分泌時發出呻吟，整個行星充斥著一股硫磺味；雖然周遭的一切令人分心，但我還是盡可能謹記：宇宙中每一處都是一個探索發現的機會，每一種生命體都是一種寶藏、一種驚奇、一種奇蹟，於是我拿出**生命體分析器**，才能記錄下這種奇妙、非凡、

黏滑的糊狀物。

□

來到地表的我們，正看著艦長等待他宣布計畫。

「一個小時後集合？」他聳聳肩說。

大家咕噥著附和，然後就散開了。醫官走向附近一處隕石坑的邊緣，假裝查看手持裝置上的讀數。首席安全官說要去跑步。大副正在寫履歷。她應該要擁有自己的星艦才對，這點大家心知肚明。結果，她卻只能在艦隊裡酗酒最兇的醉鬼艦長底下當副手。

艦長散步離開，一邊練習著他今天早上洗澡時想到的新演講內容。

這樣就剩下人種學家跟我了。她看起來並不興奮，但基於禮貌還是做了自我介紹。

「伊莎上尉。」她有點生硬地說。她伸出手的樣子，像是希望我不會真的握住，這樣就不必碰到我。她說要到附近的一處洞穴，看看能不能學到一些關於繁殖的知識。「你也可以跟著我。」她說。

我看著伊莎收集黏液樣本的神情，她顯得非常認

真，但過了一會兒我就開始感到無聊，於是閒晃到附近的一塊岩石邊。岩石後方傳來了奇怪的聲音。我回頭望向伊莎，想確認她是否也聽見了，但她正專注工作，我只好繼續往傳出聲音的方向走去，慢慢繞到岩石後方。

那聲音聽起來像是艦長的呻吟。他有麻煩了。

我的肌肉記憶派上用場了。我在巨石上找到踏腳處，接著跟訓練時一樣爬到頂部。我跳下去，準備攻擊。我看見了艦長。他倒在地上，沒穿上衣，某種黏性物質像面具一樣蓋住了他的臉和嘴。

我跳到他身上，雙手使盡全力才勉強扯掉他臉上的黏性物質。

艦長跳了起來。應該說，他算是向後跳離了原本蹲伏的地方，他站在那裡，紅著臉，露出瘋狂的眼神，兩隻手各抓著一團糊狀物。

「搞什麼鬼啊？」他對我大吼。

我並不期望會得到艦長的感謝，真的，但我可沒料到會是這種反應。

這時我才發現艦長身旁似乎有個他捏成的小塑像，材料就是黏糊狀物質。一個小黏糊人。

噢。

艦長稍微平靜了下來，拉了拉他的制服。「你什麼都沒看見，衛士。」他雖然這麼說，但並不是用那種濫用職權的威脅語氣。就算被撞見正在做的事，他還是有一點魅力。很變態，但仍然有魅力。我猜那就是他能當上艦長的原因。「這件事就讓我們保密吧。」他說，然後對我眨眨眼。

　　我說，是的長官。

　　「只是，」他凝望著遠方說：「這沒有看起來那麼容易。我是指穿著這套制服。」

　　「感覺一點也不容易，長官。」

　　「在這裡會有點寂寞。」他說。有那麼一刻，我還以為他可能會走過來抱我。不過，他只是伸手拿起了一團黏糊，放在手心撫摸著。「你結婚了嗎，衛士？」

　　「我結婚了。」

　　「她性感嗎？」

　　「長官？」我還在思考該怎麼適當回應，他就說別介意了，於是我離開現場，留下孤獨的他和他的黏糊女人。又或者，他並不孤獨。我有什麼資格評斷呢？也許她能在這裡為他帶來一些慰藉，在這個因為我們拜訪太多次而令人厭倦的星系邊緣。

週三：

今天有另一項任務。又一個隨時可能會死掉的機會。我不覺得馬上會死，畢竟這週才剛開始沒多久，不過誰知道呢？有些衛士週三就死了。可惡，有些衛士甚至週一就死了。我們會死。這是工作。其實工作內容中也有提到。

二等衛士之職務與責任：
· 協助收集土壤及植物樣本
· 隨時準備好無緣無故死去

這對一個即將要有孩子的人來說不算是個好工作。我在**維護部門**表現良好，修復了量子可能性引擎，這樣軍官們就可以到另類實境中消磨時間。而這就是獎勵。升遷——變成這樣？

我們又像光束般被傳送下去，然後分開行動。我再次跟著伊莎。她繼續收集樣本。我試著協助她。

「你在幹嘛？」她說。

「試著協助妳？」

「拜託不要。」

「聽著，我了解妳得扮演好自己的角色。是這樣的，我是衛士，我也知道妳算是新上任的軍官，所以我不清楚妳是否明白擔任衛士於我而言代表了什麼，但如果妳不讓我假裝幫忙，我不知道自己會發生什麼事。」

伊莎望向大副，她似乎正看著我，觀察我是否有認真工作。

「好吧，」伊莎說：「拿起那個東西，在這片區域中到處揮。」我向她道謝。

我們沉默地工作了一陣子，或者該說是她在工作，我在假裝工作，總之有事情做、有目標的感覺很好，儘管那只是個虛假的目標。

□

我們回去時已經很晚了。我們通過了離子清洗機，然後執行事後簡報，回到宿舍時已經凌晨兩點了。我的妻子已經上床了。我脫下制服，悄悄鑽進薄毯下方，然後把手放在她的腰上。她翻過身來面對我。

「天哪。太美好了。」我說。我不知道是荷爾蒙作祟還是怎麼樣，總之她看起來美極了。

「閉嘴，」她說：「我很胖。」

「對，沒錯。但我很喜歡。」

「你跟他談過了嗎？」她說。

我沒說話。

「你就眼睜睜看著這一切發生。發生在你身上，在我們身上，在你的孩子身上。」

「我能怎麼說？」

「就說，嘿艦長，我這週不太想死。你可以接受嗎？大家都可以接受嗎？」

「他們又不是想要我死。」雖然我這麼說，卻想起了昨天艦長在玩弄那個黏糊女人時略微瘋狂的眼神，接著我的胃裡也湧起了一股空虛感。

妻子翻過身，背貼著我。她抓住我的手，放到她的上衣裡。

「不會這樣結束的。」她說。在這個沒人在乎的宇宙裡，在這片寒冷、陰暗的寬廣之域中，這個懷有身孕的女子顯得非常渺小，但她的語氣讓我隱約感到——那是什麼，希望嗎？就像她能夠推翻這則故事在這個宇宙中的注定結局。彷彿藉由個人的選擇與純粹的意志力，她就能把所有可能的世界壓縮成一個她想要的世界、她

需要的世界。

週四：

今天的世界很溼潤，充滿了主要由水分組成的生命體。只要吸進一口空氣，你就會獲得心中所有疑問的答案。我在哪裡？為何我會那麼做？我做對了嗎？他們喜歡我嗎？我值得被愛嗎？我會上天堂嗎？為什麼我要一直做這種事？每個問題都有答案。所有的答案都會同時浮現。這種感覺不太舒服，於是我們戴上防毒面具。沒人真的想知道一切的真相。

當然，這裡也有黏性物質。最近艦長似乎只會造訪有黏性物質的地方。

我整個早上都在等待好時機，可是大副還在注意我，我只好假裝研究環境。我裝出**嗯這個生命體真是超有趣**的表情，然後盡量裝忙。

□

午餐過後，我找到了機會。每個人都去休息抽菸了，只有首席安全官在做瑜伽。艦長向大家表示要去撒

尿，接著就漫步到一處高達六公尺的蘑菇叢後方。我等了幾分鐘，然後跟著他走了過去。

「嘿嘿，看看是誰來了啊。」他說。

「艦長，我想問你一件事。」

「當然。我會盡力解答你，兄弟。前提是你守口如瓶。你有做到嗎？你當然有。看看你，」他說：「好啦，抱歉，那樣太刻薄了。你想做什麼，老兄？快一點。這團黏糊可不會跟自己做愛。」

我看著他玩弄那種黏性物質，充滿愛意地把它揉塑成一團。

「今天是週四。」

「對，怎麼了？」

「我是衛士。」

「啊，對，」他說。他停下動作，轉過來看著我。「你想知道為什麼一定要死。」

「對啊。呃，是的。我是指，是的。長官。」

「聽著，不是我樂見這樣。或者我喜歡這樣。但你也知道，這樣報告內容比較有趣。我是指如果發生什麼事的話。你也看得出來，」他指著他的黏糊女友說：「這裡真的無聊死了。要是中央司令部發現了，就會

削減我的預算，到時候我就只能坐辦公桌了。所以我必須讓事情發生。」

「我明白事情必須發生，」我說：「但恕我直言，長官，我不曉得你知不知道，我跟妻子要有孩子了。」

「喔，哇哇哇。我該怎麼做，殺掉伊莎嗎？你見過她嗎？她超辣。殺掉我的醫官嗎？那我要怎麼拿到止痛藥呢，傻瓜？你是衛士啊，老兄。做好你的工作，然後死掉吧。」

週五：

今天沒有任務，所以早上我去了紀錄部。我到最安靜的角落，接著命令電腦列出「離奇死亡」的檔案。

畫面上出現了三百七十一起離奇死亡的紀錄，而且全都是衛士。

田中衛士是笑死的。

愛倫衛士死於白胺酸真菌。根據官方報告，真菌控制了她的心智，她不肯回到傳送區。星艦離開時，真菌正啃噬著她的心智，她的每一個回憶將永遠存放在那個生物的脂肪細胞中，無限循環播放。

庫柏衛士是被嚇死的。一個受過徒手搏鬥高階訓練

的四十三歲男人。被嚇死了。

芮伊衛士在水行星 XR-11uu7S 上渴死。渴死。喔，還有？她溺水了。她是在溺水時渴死的，聽起來一點也不可疑。星艦日誌說，艦長在橡皮艇邊緣伸手抓她，但事發現場的消息來源說那「不太算是抓」。

我讀了幾個小時的檔案，一直讀到晚上，全都是類似的內容。尼爾森衛士：消化不良。特拉梅爾衛士：腦袋打結。卡斯特魯奇衛士則是因為太用力打噴嚏而死。

我細細檢視這些紀錄後，發覺這些貌似可信、艦長也無法預見或阻止的死亡事件，聽起來正是最適合寫在艦長日誌中的題材。

□

我告訴妻子關於紀錄的事。她只是看著舷窗外，什麼也沒說。我們兩人都明白我該怎麼做。我得想辦法活下來，但就算我真的成功了，我們也不知道她會發生什麼事。她今晚必須下船。

我們沉默地吃著晚餐。我正要去洗碗，但她說別麻煩了。我幫她打包了一個小旅行箱。她憤怒的情緒已經

平復了，但她沒有哭，這點倒是讓我很訝異。有點令人擔憂。

我們穿過星艦內部，像是要去醫療區預約看診一樣，盡量表現得很隨意。抵達目的地後，我們四處張望了一下，就躲進了一處狹窄空間，這裡是垃圾被彈射到太空之前的暫存區。我們找到一個無人的太空艙，我扶著她進去。我想給她最後一吻，但她只是看著我，表情很失望，還輕輕拍了拍我的臉。

「我不會死，好嗎？」我說：「我會設法找到妳。」

「我愛你，」她說：「但你是個白痴。」

我們聽見有人接近，於是她關上艙門，我按下彈射鈕，她就這樣離開了。

週六：

這是個奇怪的地方。我甚至完全不生氣了。我懂。這是我的角色。我懂。

我們被安全地傳送到一顆新行星上，這讓我稍微鬆了口氣。至少不是用傳送器把我弄死。

我們進行著例行任務，到了下午三點半，那個念頭開始爬進我的腦中。也許。也許我是唯一能在他的出勤

隊伍中存活一週的衛士。

六點十五分左右，艦長召集大家，說了一則小故事，內容是關於我們在這裡學到了什麼知識。那個念頭完全盤據了我的腦袋，但我完全不想搭理。時間一分一秒過去，而我心裡想著，我還在。我還在這裡，只剩下十五分鐘了。

六點五十二分時，艦長開口了。

「你。」他對我說。他還是不知道我的名字。我納悶自己是否曾經擁有名字。

「艦長。」我說。

「我要你幫忙收集樣本，」他說：「就在那裡。」

每個人都試著假裝不知道發生了什麼事，但當我走遠後，回頭便發現眾人正看著我們倆，神情嚴肅。

我們走了一會兒。我們走了很遠，遠到隊上其他成員應該都聽不見即將發生在我身上的可怕事件。「就在那裡，那個巨大太空東東的後面。」艦長說。他真的說了太空東東這幾個字。

「你連裝都懶得裝了。」我說。

我們繞過太空東東，而我的妻子竟然就站在那裡，她挺著大肚子，容光煥發，旁邊是我昨天讓她搭的那艘

太空艙。

「妳——什麼——怎麼——啊？」我說：「妳讓那東西降落了？」

「呃，有時候我真不敢相信自己嫁給了妳，」她說：「有機上電腦啊，笨蛋。哈囉？科技？你現在甚至不必什麼都懂，就能夠擁有自己的星艦了。」她看著艦長。「對嗎，翹翹（chubbs）[5]？」

艦長的眼神半是驚恐，半是好似愛上了她，而我得承認她看起來真是美極了。

「這是怎麼回事？」我說，接著漸漸領悟了。「昨天我去紀錄部時，妳——」

「去找艦長了，沒錯。我們談好了條件。我告訴他，我希望丈夫不會孤獨死在一個無人的星球上，」她說：「而他顯然也不想再當艦長了。」

「這是雙贏，」艦長邊說邊進入垃圾太空艙。「你老婆是個聰明的女人呢。」

「我們要怎麼告訴隊員？」我說。

「相信我。隊員才不在乎。」

接著我妻子作勢要殺死艦長，假裝用一顆石塊砸他的頭，他則發出了維妙維肖的浮誇垂死之聲，兩人從頭

到尾都對彼此笑著，像是假扮成太空探險家的孩子那樣笑著。

週日（及以後）：

最後，官方報告將艦長的死因記載為「**死於太空東東**」。**中央司令部內務處**展開了調查，但很快就結案了，因為所有隊員的說法都一致。*對啊，老兄，那個太空東東就這樣蹦出來殺了他。*艦長可以在那顆行星上獨自度過餘生，可以對那團外星黏糊為所欲為。經過投票後，星艦的軍官們決定表揚我的妻子，她也樂意接受了，不過她倒是婉拒了他們提供的工作機會。我們辦了個派對慶祝新艦長（前大副）上任，跟往常一樣吃蛋糕、喝啤酒，不同之處在於，經過了這麼久，我們終於重拾探尋的感覺了。在第一次正式行動中，新艦長坦言我們完全迷失了，這點大家心知肚明，可是前艦長始終不願意承認，接著她說我們的新目的地就是家鄉，儘管不知在何處，但我們都認同這場追尋就與其他任務一樣神祕崇高，這也成為眾人共同的目標，期許著我們找到家鄉的時候，它依然安在。

╲╲ 訂製情緒六十七號

人生製藥股份有限公司 *
年度股東報告
截至二〇二五年五月三十一日止會計年度

　　我們在**憂鬱**的扎實工作，提高了**恐懼**的市場占有率。這是正確的方向，雖然我知道有些人可能會有疑慮，但我相信我們可以一起面對挑戰。各位好，我叫崔普·豪瑟。對於今日缺席歐式早餐見面會的人，請容我自我介紹：我是人生製藥的董事長兼執行長。

　　我已經在公司任職了三十四年，也跟許多員工一樣，一開始先進入**落髮**與**壯陽**部門——以前每個人都稱呼那裡是禿頭和勃起。我從收發室一路往上爬，工作了

＊人生製藥股份有限公司（PharmaLife Inc.）係根據中華合眾國（United States of China）境內密西西比州（State of Mississippi）之法律成立，為俄亥俄州頂尖微技公司（The Acme Widget Company of Ohio）之獨資子公司。

十八個月之後，就必須到**睡眠、過敏、肥胖**輪值，還在**膽固醇**待了一陣子。我很驕傲能在人生製藥度過整個職業生涯，也很驕傲能夠宣布我們剛結束的會計年度結果。但就算我再怎麼風趣，你們也不是來這裡聽我聊自己的事。你們想要聽的是那件事。

那件事。

耳語。謠傳。

六十七號。

我們會談到那件事，不過首先，我們要說說其他無聊的東西，例如錢。很多錢。非常、非常多。我們的利潤真是高到不像話！簡直令人髮指。好啦，我的律師卡特勒正在對我擺臭臉。抱歉、抱歉，法律人。卡特勒真是個老古板。不過我很愛他。愛你喔，卡特勒。好啦，我們來聊數字吧。

在我們提交給美國證券交易委員會（SEC）的公開文件裡寫到，我們的**憂鬱團隊**在二〇四九年第三季推出了一項叫Zyphraxozol☺™的新產品，而我很高興能告訴大家，Zyphraxozol☺™的定位狠狠地教訓了我們的對手。**成為你想成為的人**™這句口號在四個象限[1]的測試結果良好。我親自監督提煉過程，研究團隊成功降低了副作用的發作率，與安慰劑的數據相比更具有統計意義，患者在狂喜／絕望軸上的自我評估平均值也從將近八十提升到超過八十。不熟悉行話的人，可能不認為這是多大的進步，但在產品成熟的超競爭領域，諸如嬌生、禮來、必治妥施貴寶之類的跨國製藥公司，在廣播媒體、聯邦巡迴法庭[2]、心占率[3]等戰場上，可是會為了零點一個百分點廝殺個你死我活，而單一產品的升級版從七十八點六提高到八十一點二可是前所未聞。這點請相信我。絕無僅有。我們做這行就是為了這個。要不是我已經當上執行長，我一定會讓自己升遷（我可以當自己的老闆！等一下。我可以那麼做嗎？那可能嗎？）。

〔傳訊給卡特勒：請向人資部確認。〕

我說到哪裡了？對。**憂鬱**。憂鬱是我們的長銷產品。不過你們也知道，目前它已經成為銷售與行銷的競賽。產品生命週期已進入晚期，**憂鬱**工業複合體已經建立了。現今想在**憂鬱／自殺**領域勝出，就必須讓機器順暢運作。每推出新一代的產品，我們都得更努力：在醫學會議上提早放出風聲並得到擔保，贈送筆、擠壓玩具、磁鐵、泡棉小橄欖球，合法化〔也就是找人在《美國醫學會雜誌》（*JAMA*）跟《新英格蘭醫學期刊》（*New England Journal of Medicine*）寫文章〕，接著是上市後的階段，從採購原料到填充完成，再於通路鋪滿產品，送到藥局架上，到藥櫃和床頭櫃，再到最終使用者的嘴巴、胃部、肝臟、血液、大腦、心智及其生活／日常／世界觀，最終擺脫沉重的憂鬱症。然而，你們並不在乎那些。這才是你們在乎的：盈利。答案就是：**憂鬱**去年達到了一股三百四十二美元，也就是替人生製藥賺了超過九十五億美元。毫不令人憂鬱啊！

〔喝一口水。對某人笑。是真心的。〕

接下來要談**前瞻R&D**〔正式名稱為**合併焦慮**（社

會、一般、劣等存在）**及絕望之研究與工程部門**，或者簡稱為**恐懼**[4]）。雖然**憂鬱**已經成熟，也變成了一種行銷商店，然而**恐懼**事業單位仍然隸屬工程師的領域，是基礎與應用科學的生意，尚處在生命週期的成長階段，位於知識曲線的上坡，且一切都可以提出來討論。**恐懼**真是令人興奮。你們可以來加州的密爾布瑞（Millbrae）園區申請參訪**恐懼**部門。那裡是個能夠刺激思考的地方。前幾天，我走進一位副總裁的辦公室，你們知道我發現了什麼嗎？書。辦公室裡的某位主管有書。他甚至還在閱讀其中一本呢！就在辦公室裡頭讀書。就在工作日讀書。他隨便就能拿出二十種不同主題的參考資料，例如貝爾實驗室[5]中某個量子計算專家尚未發表的論文、博士論文、競爭者相關部門的「祕密」檔案，甚至是認知科學、神經科學、演化心理學、機率等科目的大學入門書。我們可不是玩玩而已，各位。我們打算在十年內治癒恐懼。我所謂的治癒，是指研發出一種超級成功的藥物，其適應症差異率大於表現出恐懼症狀白老鼠的誤差範圍──不管白老鼠的恐懼症狀是什麼都無所謂。

〔傳訊給卡特勒：請Google「當老鼠是什麼感覺」。〕

我們的研究員做到了。我們正進入第二期，然後是第三期，再得到食品藥物管理局（FDA）核准，這一切都會在十八至三十個月內達成。接著我們會將藥交給醫生，讓人們體內充滿了這種東西，連根剷除恐懼。恐懼將會成為歷史。

好啦，接下來我會很快念過這一部分，我想不必太仔細聽，因為這只是FDA要我說的東西：測試者通報了一些副作用，例如輕微瘋狂、中度瘋狂、單腿抖動、雙腿抖動、單腳抖動、腳失去知覺、腳趾失去知覺、急性倦怠、慢性倦怠、神經錯亂。

另外還有喉嚨乾燥、頭昏眼花、腹瀉。全都是輕微的副作用。

困惑。喔。

迷惘。了不起。

眩暈。隨便啦。

也可能會導致：肝斑、飛蚊症、部分失明、完全失明、超乎完全的失明、腎挫傷、腎發癢、腳發癢、你腦中某個搔不到的地方發癢、隨機動脈腫脹、隨機動脈破裂、意識喪失、意識分裂、失去理智、部分殭屍化。

拜託，各位。你們是想要困惑、迷惘，加上喉嚨乾燥跟拉肚子，還是寧願感到恐懼？我連問都不必問吧。

看看今天的股票行情。從年初至今，我們的股價上升了三十一個百分點。光是我剛才說話的時候就漲了百分之八！〔傳訊給卡特勒：**現在就賣掉股票。哈哈開玩笑的。會影響公關形象。但說真的，如果可以的話就賣掉一些。**〕

好了，朋友們，讓我來談談關於**四十三號大樓**裡在做什麼大事的謠言吧。對，沒錯，每個人都聽過謠言。那些謠言是假的——除了真實的內容以外。除了我自己散播出去的謠言，那些謠言與我無關。**四十三號**並沒發生什麼大事——因為大根本不足以形容！簡直無法想像。那是足以撼動業界的事。而且你們都知道，我可不是喜歡誇大的人。讓我這麼說吧：**四十三號大樓**十樓的東北角，正在進行一件超乎世人想像的事。**訂製情緒**

六十七號。那是什麼？你們都很想知道。你們都期待地坐直了。前排那個傢伙還真的摔下座位了。你還好嗎，老大？眩暈？腹瀉？吃太多我們的產品了？開玩笑、開玩笑的。銷售副總現在恨死我啦。園區裡各個會議室、小空間、廚房角落都充滿了耳語。是一種能讓人瞬間進入極樂世界的精神活性飲料（易拿取的塑膠瓶中，裝著解渴的禪）嗎？不是那個，但我們在佛教－道教經驗式消費產品的領域中，確實會推出有趣的新產品。有些人說這是一種能強化感官的產品，會與記憶交互作用，如同讓你擁有永生難忘的戶外午餐回憶。因為你真的將永生難忘。你在小聯盟的第一支全壘打。你的初吻。即使你活到一百一十歲，那些經驗還是會跟當日一樣鮮明激烈。你隨時隨地都能夠重新體驗。這份記憶將永遠伴隨著你。我們正在調整這個產品——那些也不足以形容，我可以保證。我無法保證的是**四十三號大樓**正在做什麼。無論如何，我都不會說出那是什麼——但也搞不好我會說出來！

〔帶有權威性地清了清嗓子。〕

現在我似乎應該處理一下那些四處流傳的難聽謠言。什麼？我剛說了什麼？那沒什麼好說？我很確定有話好說。我可以繼續了嗎？謝謝。目前，謠言影射的內容已經讓股價下跌，這對我造成的影響應該比你們絕大多數人都嚴重吧，哈哈，所以我應該比你們更在意才對。我真的很在意。首先我要明確表示，有些事情並非屬實。也就是我所指的那些事。那些不是事實。我不是指我說的話。我說的是事實。我要如實地指出一些不實言論。你們知道我的意思。第一：我們下個月並不打算裁掉一百五十萬名員工。絕非事實。那只是粗估。非常粗略的估計。數字不可能剛剛好是一百五十萬人。那太瘋狂了。不過你得承認，數字剛剛好的話會很酷。好啦，現在人資部的副總在瞪我了。好啦，抱歉、抱歉。讓我回到正題吧。

〔同情的語氣：〕你們很受傷。除了股東以外，在場有些員工可能是從員工儲蓄計畫得到股票分紅。身為員工，你們對某些政策改變感到很受傷，因此希望有人出面道歉。我聽見你們的心聲了，而這是我的回應。

〔謙遜地清了清嗓子。〕

　　我在此代表公司，為你們受到的傷害道歉；然而，前提是你們都明確同意，我這麼做，並不代表自己的愧疚、自責、有罪、參與其中、刻意為之、輕率、過失、欺騙、錯誤、疏忽、懊悔、同情、同理，或是承認你們受了傷。對於公司在非過失情況下未做的事，而造成未來可能受到傷害、過去曾經受到傷害、目前正在受到傷害的人，或者以上皆是，我不打算道歉，畢竟這不是**人生製藥**的錯，但我承認你們受到了傷害，因此就讓我誠懇地建議你們，購買一些**人生製藥**的產品吧，說不定你們當中就有人經手過這些產品呢！我們多樣化的產品線可以治癒各式各樣的痛苦，而我提議你們以原價購買，這等於是雙贏，因為你跟你持股的公司都能得到好處。卡特勒！你破壞了氣氛。各位先生女士，我們公司的律師卡特勒笑了，因為我在開玩笑。我們真的在研發。傳聞是事實。**情緒六十七號**──那是一種藥丸。那顆藥丸、意義之藥、神藥──年輕人是這樣說嗎？它能幫你實現願望。我們是製藥敘事[6]產品的業界龍頭，我們會賺大錢。你們全都會變得非常富有。謝謝你們的加入，

以及你們對**人生製藥**的持續投資。謝謝你們相信我們。謝謝你們相信我們傳達信念的能力。有問題嗎？開玩笑的，卡特勒，開玩笑的。抱歉啊，各位。不能提問。

╲╲ 類別之書

0 有什麼

1 合適名稱

　類別之書*的完整名稱如下：

類別之書

（目錄之目錄

（本身即包含

一種概念結構

此結構

一般又稱為

（概念）－牢寵）））

＊列於類別之書系列第三冊，第兩萬一千五百七十三頁，第 K 列，第 FF 欄。

2 的本質

2.1 基本特性

類別之書由兩本書組成，其中一本書在另一本
中。

外部書（正式名稱為「外部書」）是一種架
構，圍繞著內部書——這本書的名字是——
呃，內部書。

2.1.1 紙

內部書的內頁材質極為稀有，這種被稱
為(A)CTE的材質，名稱來自於其（可疑
文件）－化學－熱－短暫[1]之特性，雖然
尚不清楚背後的化學性質，但其於實務
上的重大意義體現在一項獨特的特徵：
只要使用合適的工具，就能夠將(A)CTE
逐頁切割再切割，次數無限。

2.1.1.1 產生新書頁之方法

每一次切割都必須迅速確

實，角度也必須達到形而上的精確，但即使正確操作，我們也無法得知一張(A)CTE紙能切割到多薄。

2.1.1.1.1 頁碼

在寫作本文時，儘管全書的總厚度（闔上時）只稍微超過五公分，但類別之書至少有三百七十三萬九千一百六十四頁*。

3 預期目的

3.1 猜測

據信，這個可重複分割的特殊性質，是為了讓類別之書能夠達成它的預期目的（即「預期目

---

* 而且仍在增加。

的」）*。

3.2 關於預期目的之理論

預期目的到底是什麼，有四個主要的理論。前
三個皆未知。第四個理論雖然已知，但其內容
錯誤。

預期目的之第五個理論（「第五理論」）尚未
成為理論，仍然算是一種推測，不過得到了多
方支持，眾人也非常看好第五理論，認為它一
定會成為理論。

3.2.1 未經證實的斷言（狀態：爭議中）

無論預期目的是什麼，可以確定的是：
此書是一種關於分類的系統、方法與空
間之書，詳盡分類對象包括：所有的物
體、物體的類別、物體類別之類別，諸
如此類。

---

* 預期目的是什麼尚不清楚，因此基本上只是胡亂猜測。

4 沒有什麼

5 傳播方式

5.1 此書如何轉手

在結構書正封背面的左頁，我們發現了「獻給」一詞，底下則有兩行標記

「來自：_____」

以及

「致：_____」

5.2 此書的每一位持有人

試圖藉由增加類別，強加上自己對於世界的編號順序。

5.3 在某些時刻，無論是出於挫折、實現感或是想將這種系統強加於他人的渴望，

持有人會將此書交給另一位使用者，並將自己的名字從致那一行刪除，改置於來自那一行，再將此書下一位持有人的名字寫在致那一行。

刪除名字時應使用與切割頁面相同的工具。

6 你可能已經明白

6.1 這表示

在本質上，類別之書包含了本身的產權鏈。這
是一種替世界加上順序的系統，將自己編碼，
有著修改自己的歷史，就這層意義而言，跟複
寫本完全相反。在類別之書裡，任何事都不會
被覆蓋，只會散落各處、散落於字行間，或者
更精確地說，是散布於*書頁裡*。

10 一名叫張學良的男人

擁有此書七十三次。除此之外，沒有人擁有此書超
過六次。

7 為什麼

7.1 為什麼

會有人想送走這本書？

8 一個男人

8.1 尋找書裡有什麼

8.1.1 試著為其命名

8.1.1.1 命名是一種方式
可用於定位不算失去、也不算找到的某事。

8.1.1.1.1 一個名字也似乎
是擁有概念的必要及充分條件，一個名稱就是一種概念的牢籠。

10.1 張氏是中國軍隊的將領，生平事蹟鮮為人知，但據說某次他與家人短暫度假時，在一場離奇的事故中失去了一位孩子——他剛出生的女兒。

9 關於此書，你必須明白的另一件事

9.1 就是

頁數多到一般人無法以手指穩定地重複翻頁。
與此書共處一室，光是呼吸就能擾動書頁。就
連粒子的布朗運動²也能夠一次翻過數百頁。

9.2 如果你忘記讀到哪裡

這輩子就不可能再回到同一頁了。

〔插入──開始〕

6.1.1 一個理由

為什麼會有人想送走這本書：有
時，無論是出於挫折、實現感，或
是將這些想法系統強加於他人身上
的渴望，持有人會將此書交給另一
位使用者，將自己的名字從致那一
行刪除

〔插入──開始〕

5.2.1 此書的每一位持有者

都能夠追溯出本書的眾多持有者，其中*

10.1.1 事件

事件的目擊者說，在他們的語言中沒有能夠描述事件的文字，只是說「水帶走了她」，此外雖然「未發生不可能的事」，但從統計上來看，這是「一個宇宙只會發生一次的事件」。

10.2 無法確認張氏

究竟是不斷尋找此書，還是此書一直回到他手上。

10.3 某種勳章，以及兩隻昆蟲

---

* 薩克利・T・蘭斯漢（Thackery T. Lambshead）本人就曾兩次照管此書，兩次都是從伯特蘭・羅素（Bertrand Russell）那裡得到，也兩度將本書交給阿爾弗雷德・懷海德（Alfred North Whitehead）。

據說都被張氏放進了書裡。

10.3.1 分類的一般問題

值得注意的是，這些物體的位置並不穩定，原因在於類別之書有一種稱為「搖擺」的特殊現象，這可能源於存放的概念位能從內部書的架構中逸散，並與外部書有所共鳴。

10.5 顯然在書中某些位置

張氏仍然執迷於為那件發生在孩子身上的事命名。

10.5.1 張氏最後的紀錄

是一疊(A)CTE紙，總共有數十萬張、甚至數百萬張空白頁面，又稱為張氏地帶。在張氏地帶的每一頁，似乎都寫著一種古老的中文。學者對於這種文字的看法不一。

11 最後，此書的持有人逐漸明白

要找到任何特定的頁面有多麼困難，畢竟它已佚失於其他書頁之中——即試圖找到那一次切割，還要在那一頁佚失之前從兩側穿透它。

8.1.1.1.1.1 一個名稱其實是

一座紀念碑，概念曾經暫留於此，接著又繼續移動。

8.1.1.1.1.1.1 如果你仔細聽，

就會聽見概念在裡頭的聲響，但當你向內看，概念牢籠永遠都空無一物，而在那個地方，那個具體、獨特、曾經充滿活力的東西，就會立刻粉

碎死去。

10.1.1.1 張氏的女兒

在五週大時死去。出於未知的理
由,她尚未被取名。

⟍ 成人當代 [1]

　　穆瑞選擇了 **布雷**™ 的當下，立刻感覺自己錯了。

　　「我問你，」銷售員說：「你是不是覺得自己錯了？」

　　他就像住在我腦子裡一樣，穆瑞心想，但他盡量不露聲色，因為那傢伙知道自己很厲害，穆瑞知道這一點，那傢伙也曉得穆瑞知道這一點。銷售員叫瑞克，穆瑞認為，對一個極為虛偽的人來說，這是個很合適的假名。瑞克開始制式地介紹說，每個人每天至少都應該要做一件事來嚇死自己，或者擠出一點類似於勵志月曆上的智慧。事實上，穆瑞確實想要受到驚嚇，即使不是被嚇到，至少也要有點失控，不然就是非常失控，以激發出那種未知的感覺，最重要的是——或者該說最基本的是——或者最實際的是——他想要一種危險的感覺，那種危險是暫時的、是某種龐大陰謀的一部分，而他最終會獲得勝利或救贖，至少能安全逃離。穆瑞這輩子總是感覺到某件事將要發生卻從未發生，彷彿他的人生即將

開始、那一天即將到來、一切就會拼湊起來，又或許先行瓦解以便之後能夠拼湊起來，這種感受出現在他的生活瑣事中，從今天早上他灑在衣服的咖啡、他開車來這裡時在收音機中聽見的歌曲，以及他看著浴室的鏡子好奇自己的臉為何如此不討喜的時候——穆瑞渴望感受到*這一切都會導向某件大事*，他只想擁有真實的感受。

銷售員在他面前擺了一張紙，示意他該在哪裡簽名，但穆瑞很困惑：*這是不動產合約嗎？*銷售員看起來像已遇過這個問題上百萬次，接著露出笑容，彷彿在告訴穆瑞，*嘿，沒什麼好擔心的，你在這裡會被妥善照顧*，類似這樣的意思，不過這種過於熟稔的誠懇卻造成了反效果。

「這是2BR／2BA生活方式。」瑞克說。

「這是一棟公寓大樓。」

「我們更喜歡稱為管理型體驗產品。」瑞克說。

房間很溫暖，穆瑞已經在這裡坐了快一個鐘頭，猶豫著要買**布雷**™還是**傑克**™，他那杯免費的萊姆百香果冰綠茶就在銷售員的桌上滴著水珠。他到底該怎麼選？就這樣選嗎？此時此刻，將自己關進永恆裡？*不，不*，銷售員向穆瑞保證，他有七天無條件的鑑賞期。說真

的，*這其實是州法的規定*，瑞克彷彿突然想起似地說，不過穆瑞只覺得這又是一種話術，有如一句台詞，就像瑞克一字不漏地背誦出劇本的內容，而穆瑞意識到，「其實」這個令其他顧客厭惡的詞彙，應該也要令他反感才對，但其實就是因為這個「其實」，讓這一切可能是按照劇本安排，這個銷售員的真名可能是、也可能不是瑞克，這位瑞克，或坐在他對面名為「瑞克」的人，可能不是在對穆瑞說話，而是在進行某種演出，這一切*其實*打動了穆瑞——重點不在於瑞克的演出（或名為「瑞克」之人的演出），而在於背後的涵義，是在*經歷過某事*的這種結構性互動之後所帶來的展望，穆瑞總覺得這是人生大事，是他能夠捲入這類事情的唯一機會，讓穆瑞這種一輩子都無法擁有戲劇性生活的人，可以活得稍稍戲劇化一點。他有什麼好回顧、有什麼好期待的？經過了四十年，他已經退休了，有一小筆退休金，不多但是夠用。他是鰥夫，有幾個朋友，還有一位不常打電話來的兒子。*也許我犯了錯*，穆瑞心想，*不過也許那正是我一直缺少的*。錯誤。風險。做對某件事的機會。為了讓自己能再度感受到某事，他甘願讓自己看起來像個笨蛋。

於是穆瑞簽了名。

瑞克恭喜他下了決定，緊接著空調開始運轉。穆瑞這才發現他們刻意將溫度調高，頓時感到受騙，不過穆瑞還無暇多想，瑞克就帶他進入了下一階段。

「那是什麼？」穆瑞說。

「那是你的配樂。」瑞克告訴他。

「誰選的？」

「是**布雷方案**隨附的。」

「你不覺得太大聲了嗎？」穆瑞問。

「你會習慣的，」瑞克說：「人們能習慣一切。」

穆瑞不太相信。「好像有點大聲。」

「來吧，」瑞克說：「我帶你看看新的人生。」

接著他打開桌子側面一個隱藏的小空間，按下一顆按鈕，牆壁就倒下了。他們仍然坐在桌子旁，可是桌子到了戶外，他們也在戶外，在一片非常寬廣的深綠色草地中央，草地修剪得很美觀，聞起來也很像草，讓穆瑞幾乎開始懷疑自己聞到的究竟是真正的草，還是實驗室合成的草味，畢竟那聞起來比草更像草。

「你最喜歡什麼季節？」瑞克問穆瑞。

「我不知道，」穆瑞說：「大概是秋天吧。」

瑞克按了另一顆鈕，所有葉子開始從樹枝飄落，地面像是鋪了一大片毯子，樹頂夾雜著黃色、橘色、土黃色，空氣聞起來也不同了。

「我一直很愛**秋天**®，」瑞克解釋道：「它的音樂最棒了。」

穆瑞聞到一股複雜的味道：走進高檔百貨時撲鼻而來的香氣。一點新車的氣息。塞滿了油亮廣告手冊與昂貴家電型錄的信箱裡，傳來的紙張和高級墨水味。風帶來樹葉的味道。寒冷本身的氣味，想要待在室內抖一抖外套的氣味，炙烤食物、啜飲飲料、購買東西的季節性氣味。

「**布雷方案**是我們在**成人當代**類別最受歡迎的產品。」瑞克說。穆瑞低頭看，發現有一條金色漆線指引出了某條小徑，線條巧妙地融入景觀中，但清楚標示出他們的路線。瑞克從口袋抽出一把閃閃發亮的鑰匙，用略帶誇張的動作交給穆瑞。穆瑞將鑰匙插進鑰匙孔中轉動。沉重地喀噠一聲，仿桃花心木門隨即開啟，接著一股新房子的氣味朝兩人襲來：乾淨地毯的化學香氣，還有一種混雜著木頭、皮革和新油漆的香味。

穆瑞站在他新的**布雷**™裡，感受著這一切。玄關走

廊的一台平面電視上列出了今天的日程。

「今天兩點半在鴨池邊有太極課，」穆瑞念出行事曆。「接著是陽台的冰淇淋聚會。」

「對，對，有那些。還有更多活動呢。」瑞克說。他告訴穆瑞這裡有各種風味的情緒，有的經過了精心設計，還有殿堂級的娛樂項目。

「分時度假²，」穆瑞咕噥著說：「你賣給我的是分時度假款。」

「是啊，」瑞克坦承，不再惺惺作態。「可不是嗎？」瑞克露出微笑，彷彿正恭喜自己再次銷售成功。

「我還有七天可以改變心意。」

「沒錯，」瑞克說：「但你不會反悔的。」

「你怎麼知道？」

瑞克深吸一口氣，閉上眼睛，沉默了整整五秒鐘。接著他堅定而親切地把雙手放在穆瑞的肩膀上，直視他的眼睛。

「穆瑞，我得告訴你一件事。你犯下了大錯。你應該要相信自己的直覺才對。」

「什麼？」穆瑞語氣驚慌。「你在說什麼？」

「你得了癌症，穆瑞，」瑞克沉重地嘆了一口氣。

「我真的很遺憾。」

「我不明白，」穆瑞說：「我怎麼會得癌症？」

瑞克交給穆瑞一個約 A4 大小的信封。右上角的標籤印著穆瑞的名字和社會安全碼[3]。穆瑞接過信封，很硬且出乎意料地沉重，彷彿裡頭裝了厚厚一疊檢驗報告或 X 光片，或是其他令人擔憂的文件，展示著可能發生的事或日漸黯淡的未來。

「等一下，我是在買了**布雷方案**之後才罹癌的嗎？我不懂。是你讓我罹癌的嗎？」瑞克露出一種既高人一等又充滿慈愛的神情，彷彿在說別傻了，又像在說*我很在乎你，你這個老笨蛋，你不知道我們有多麼在乎你嗎？*

「你希望發生什麼事，對吧？」瑞克說：「讓這一切導向某件事？終結，」瑞克指著馬尼拉紙信封說：「那就是終結的方式。」

「我沒說想要終結。戲劇性。我是說想要戲劇性。」

「你覺得戲劇性是什麼，穆瑞？」

「如果是比較開放式的內容呢？」

「當然囉，那也可以安排，」瑞克說：「不過就算

是開放式的故事，也一定會在某個時刻結束，對吧？畢竟開放式的故事終究還是會結束。」

這時穆瑞才意識到自己從未提過戲劇性。他只是*在腦中想到*而已。

「什麼，你以為斜體字我就聽不到嗎？」瑞克說：「那也是你故事的一部分。你的內心獨白。那一切。一切都是穆瑞選擇**布雷方案**的一部分。」

*你是誰？*穆瑞心想。*或者該說你是什麼？*

你還不明白嗎？我就是你的敘事者啊，穆瑞。

你是銷售員。

敘事體驗生活產品的銷售員，敘事者。就只是頭銜的差別而已。我的工作是把這個故事賣給你。讓它成為你的故事。讓你相信。讓你再次有某種感覺。那不正是你要的嗎？

他們所在的**布雷**™消失了，先是屋頂、天花板，牆壁一面一面地消失，再來是地板、家具，所有層次和元素依序消失，接著穆瑞和瑞克站在一座空蕩的城市裡，忽然間如同從溫哥華移動到洛杉磯，又從多倫多移動到紐約，夜晚變成了白天，在不算永恆但也沒有時間流逝的地方，一個無法確認位置的所在，充滿了一些想讓人

覺得無處不在、卻哪裡都不是的建築。

「這是哪裡？」穆瑞問。

「這是插播廣告。」

穆瑞注意到所有車子都是單調的白色豪華房車。在突然出現的獨立搖滾音樂背景下，一部銀色雙門小轎車切過街角，拉緊的懸吊系統、賽車般的駕駛動作、染色的玻璃車窗，全世界都變成了慢動作，所有車輛與駕駛都慢了下來，除了這部英雄車[4]以及車上一臉滿足的駕駛以外，穆瑞也明白他必須趁機逃走，逃離瑞克和**布雷**™。雖然穆瑞年事已高，不再年輕力壯，但他還是拔腿跑進小巷，看見一道鐵絲網柵欄時，便蹲下衰老的身軀往上跳──他不記得上回這樣做是什麼時候了──接著抓住鐵絲網，費力地小心爬過頂部，在另一側落地，轉身就發現自己到了不同的城市。其實，那根本不是城市。

穆瑞停了一會兒，喘了口氣，然後繼續跑，接著速度減慢成了慢跑，又變成了快走。這裡很安靜，沒有配樂，穆瑞看得出為什麼：他來到了某個後台的場地上，工作人員正在搭建背景和建築的正面，這座城鎮看起來像穆瑞的家鄉；甚至，比他記憶中的城鎮更相似：一個

想像出來的地方，竟然比原本的地方更加真實。一個設計好的替代品卻破壞了原本的回憶。穆瑞看見一塊招牌寫著：

即將推出

（由AEI的**布雷**™原班團隊打造）：

你的家鄉

底下另一塊招牌寫著「正在重新認證」，再往下則是用極小的字體寫著法律聲明，內容說明這座城鎮的所有者是**美國體驗有限責任公司**，母公司為**美洲娛樂股份有限公司**（AEI），而AEI附屬於**美國娛樂公司**，所有者是一家叫**新世界實驗有限責任公司**的德國企業集團，這個集團隸屬中國與韓國投資者組成的聯營企業。到處都是施工中的新場地，鐵絲網圍欄環繞著挖掘工地，人們戴著安全帽工作，大型彩色旗幟宣告著**你的家鄉**將於**二〇一五年秋季**重新啟用。

穆瑞跑過了一扇又一扇門，尋找離開的出口。雖然廣告手冊裡的一切看起來都很棒，可是他不確定自己身在何處，也不知道何謂真實與不真實，不曉得自己究竟

是真的罹癌或者那只是整個計畫的一部分，來自那位叫瑞克還是什麼的傢伙所謂的體驗生活產品。沒錯，穆瑞一直很想經歷某種冒險，但這與他心裡想的不太一樣，這個捏造出來的情境並非幻想，而是一種欺瞞大腦的騙局，一種欺瞞心靈的騙局。這裡是相同的地方，城鎮就跟廣告中一樣，不只是普通城鎮而已，而是「**城鎮**」，是那座**城鎮**，**觀光局**已經重新搭建了它的場景，在盛大的**復古倡議計畫**中加以量化，復原這座城鎮豐富的歷史與傳統，穆瑞現在明白這比較像是 AEI 撰寫的廣告文案。所有的建築、路標、街燈、信箱，一切都是裝飾、背景、立體的假象，部分是實體，部分是數位，目的就是讓穆瑞相信這是自己的家鄉，但也可能不是為了穆瑞，而是為了這個城鎮的居民，為了在**美洲娛樂股份有限公司**所擁有的市政當局治理下的居民，又或者不該使用居民這個詞彙——顧客——這一切都是為了讓顧客成為家鄉的旅遊者。他從未真正在這個家鄉成長，這個家鄉從未存在過。本來城鎮的一切似乎都很令人安心，裝飾華麗的屋簷、有汙漬的木頭門廊、以迷人字體寫著供應雞柳條的餐廳招牌，但現在都顯得很不對勁。

　　穆瑞來到了一座無人的主題樂園，這裡一個小時後

才會啟用，尚未準備好成為它應該成為的地方。

又或許這是一處廢棄的布景，是被某個節目棄置的場地，在這種節目中，悶悶不樂的人們會在大房子中苦臉相對。*就是這個*，穆瑞明白了，但他其實不太確定自己明白了什麼，比較像是感覺明白了某件事——那些節目裡的人，看起來比生活中更加愁眉苦臉。

穆瑞試著打開另一道門，終於成功了，現在他正在偽裝成市容的某種辦公大樓中往上跑。電梯門開著且亮著燈，彷彿在等待穆瑞，令他感到毛骨悚然，覺得如果這是某則為他安排好的故事，如果這一切都是**布雷**™的一部分，那麼他最好還是避開電梯，才有機會離開這裡。此外，穆瑞聽見電梯傳出音樂，不是隨機的音樂，是與之前一樣的音樂，是*配樂*，是他的配樂，也是**秋天**®的配樂，響如雷鳴的大調和弦旋律，似乎鼓舞了穆瑞，誘使他走向電梯，他好奇歌曲是不是根據自己的某種偏好模型精心打造，只為了切合他的情緒與心理結構，為了按下他身上某種看不見的按鈕，而他在聽見音樂之前，根本不曉得自己有這種按鈕，於是穆瑞明白自己不能進入電梯。他打開標示著「出口」的門，但穿過之後才發現這不是出口，不過一切都太遲了，現在他進

入了樓梯間，後方的門也關上了。他試了一下。鎖住了。他使盡全力搖晃門，即使已筋疲力竭、力氣越來越小，仍舊費力地試圖搖動門，還使勁踢了幾下門把，不過他知道自己除了上樓之外別無選擇，大概只能前往電梯原本要帶他去的地方。他曉得自己被愚弄了，儘管他試圖避開電梯，避開他們期望自己做出的選擇，如今卻仍然讓他們的盤算得逞了。*我失去理智了*，穆瑞心想。*他們？他們是誰？*就在穆瑞認懷疑自己陷入了偏執症時，他聽見上方傳來隱約的配樂聲，聲音迴盪在樓梯間，隨著他每爬一級而越來越響亮。他在這棟空蕩、偽造的建築裡查看每一層樓，很清楚自己最後會抵達屋頂，因為那就是*他們*想要他去的地方。音樂越來越響亮，感覺越來越強烈，穆瑞好像領悟了什麼事，那種感覺也隨著配樂的音量逐漸增強。*我到底怎麼了？*穆瑞納悶著，這時他突然意識到，與自己陷入相同困境的人，或許也會這樣瘋狂尋找出口。穆瑞一輩子都是這樣。在鬧鈴響起時起床。上班。下班後直接回家。晚上喝個幾杯，接著從頭再一次。隨著情節一路緩慢前行。結果現在他簽下合約，想體驗更進一步的生活享受，因為想過過看別人的生活而受到誘惑，只為了標準配套的全新兩

房兩衛，以及擺著獨立包裝肥皂的籃子，那些光鮮亮麗的產品背後還有更大的產品——最大的產品是一種生活方式，生活本身就是產品。這就是他一直想要的，或者該說是他自以為想要的，然而現在他卻來到這裡，在自己的故事中尋找出口，不但發現所有的出口都被堵住，也明白了自己需要的不是出口。他為什麼要離開？就是這一次，他可是故事的中心，穆瑞生平第一次感到了掌控自我的感覺。就是這裡：他的高潮時刻。他人生軌跡的最高點，他完全自由的一刻，而這正是他等待了一輩子的時刻。他感到自由、實際、狀態絕佳。一種真實的體驗。*這才是真正的自我*，穆瑞心想，不過他幾乎在同時想起，這是誰決定的？是他自己或是某個與自我分離的自我？而且如果你意識到自己正在擁有真實的體驗，那還算是真實的體驗嗎？現在穆瑞已經將這種體驗貼上真實的標籤，那麼這還算是真實的體驗嗎？*是誰把這些想法放進我的腦中？*他也很好奇，這些到底是自己的想法，還是**布雷**™的一部分；是一種喜劇意識，還是一種**美洲娛樂股份有限公司**產品工程師構思的內心旁白，好讓他明白自己的人生就是一種故事。*是那樣嗎？*穆瑞納悶著，當他抵達樓梯頂端，用力推開屋頂的檢修門時，

他心想，*是的，沒錯，你猜對了*，但他發現這個念頭不是自己想到的，*對，不是，穆瑞，那是我*，接著他就看見瑞克站在足足有六層樓高的天台上，接著對方說*嘿，穆瑞*，這時穆瑞才意識到，瑞克竟然是*直接在穆瑞的腦中說話*。

「別那樣。」穆瑞大喊。

「噢，好吧。」瑞克說。

「你是怎麼上來這裡的？」穆瑞大口喘著氣說。

「你以為要擺脫我很簡單嗎？」

「大概吧。」

「你看不出來嗎？你不能逃離你的弧線。」

「我的人生不是一道弧線，」穆瑞說：「我明白了。」

「是嗎？說說看。」

「我再也不會掙扎了。」穆瑞說。

「繼續說，」瑞克笑著說：「我在聽。」他遞給穆瑞一條手帕擦拭額頭。

穆瑞接過手帕，擦了擦臉和脖子。「我在播放廣告的時候逃走了。」呼吸平穩下來後，穆瑞說。

「是的。」

「我聽見電梯裡有音樂，於是改走樓梯。」

「對，沒錯。」

「我拒絕了你安排的故事，其實是替你創造了故事。」

瑞克看起來有些詫異。「非常棒，」他說：「事實上，真的很棒。幾乎沒有人能弄懂。但我問你一個問題：你現在要怎麼做？」

「我還有七天可以改變心意。」

「沒錯，」瑞克說：「不過，讓我給你看個東西。」

瑞克從口袋中拿出一個小戒指盒，打開以後，裡面有個小型撥動開關。

「那是什麼？」穆瑞說。

「開關。」

「什麼開關？」

「你何不撥動它試試看？」

穆瑞一撥動開關，就聽見震耳欲聾的可怕摩擦聲。瑞克不知從哪裡拿出了兩副耳機。他交給穆瑞一副，自己戴上了另一副。

「啊，好多了，」瑞克說：「你聽得見我的聲音嗎？」

穆瑞點點頭，不太確定自己對又在腦中說話的瑞克有什麼感覺，但他隨即發現了摩擦聲的來源。

「我會給你一點時間。」瑞克說，他看著穆瑞吸收消化著眼前的場景——那是他剛剛跑過的那一座**城鎮**，但現在已不是空城，四處都是穿著橘色連身工作服的人員。人們三三兩兩從假牆和假門後出現，藍色外套背後寫著「**連續**」，手裡拿著加壓罐和細刷子。

「這叫作**真實人生**™，」瑞克說：「**霧化氛圍的主題**。」

瑞克和穆瑞看著人們移向室內破損的一角，那裡的破洞露出了鐵絲、基材，底下一堆莫名的東西，總之他們專業地蓋上或修補現實的空洞，動作精準確實，重新修飾、復原、縫合了假象，接著那些維護場景連續性的工作人員又消失了，與現身時一樣突然。

「我們在哪裡？」穆瑞說。

「後台。」瑞克說。

下一波工作人員出現，他們身穿紫色工作服，背後的白色字體寫著「**中斷**」，而穆瑞看著他們過來修改剛才連續工作人員完工的成品，消除特定景觀，一下磨損這裡的角落，一下擦去那裡的現實。瑞克向穆瑞解釋，

這些人其實與**連續**隸屬不同的部門。

「這是**應收帳款**的一部分。」瑞克說。

如果顧客無法即時支付**布雷**™或**傑克**™的**連續維護**與其他產品費用，公司就會召集連續與中斷小組來執行**體驗降級計畫**。

「就像回收人，」穆瑞說：「他們會收回我購買的人生。」

「你終於懂了，」瑞克說：「看看那一切。太漂亮啦。」穆瑞試圖理解瑞克的話，但他只看見一個工廠。一種生活方式的製造過程。什麼都能用，經驗、一段經驗的*材料*、一顆特殊的粒子、一個聲音、一天、一首歌、一連串發生在人們身上的事件、一件逗你笑的事、一段影響、一種感覺，什麼都可以。一團亂。一滴東西。一塊東西。一種混亂、黏稠、塊狀的東西。未成形、未加工、無內容的東西，經過設計、磨練、改善，直到某個神奇的時刻，妥當地加工完畢，能夠被機器壓製出來：內容。一大塊同質的內容，最適合切割成**內容單位**。這一切都是為了顧客－居民，為了他們的要求——或者根本不是要求，而是期望——又或者根本不是期望，因為那樣他們就會意識到替代品還有其他選

擇，意識到情況並非總是如此，並且明白以前曾經有過真實。他們既不要求也不期望。他們會理所當然地接受。產品並不是產品，而是深植於他們對自己的想法中。**內容單位**俯拾即是，擁有相同的來源：短歌、新聞、廣告。廣告、廣告、廣告。在任何螢幕上播放的廣告。螢幕會出現在雜貨店、買咖啡的隊伍中、快餐車、你的車上、計程車的車頂、公車側面、空中、路牌上、你的辦公室、大廳裡、電梯中、你的口袋裡、你的家中。這些輸送內容的管道產量極為豐富，不斷咕嚕咕嚕地攪動著，夜以繼日供給大量的內容，概念的煙囪排放出內容製造過程的廢棄物，單位的邊際成本逐日降低，不斷積累的內容則裝滿了貨櫃、倉庫、貨船，所有管道都塞滿了內容。由於內容過剩，他們必須創造出新的市場才能含納所有內容，他們必須創造出那座**城鎮**，接著是另一座**城鎮**，再接下來，誰知道呢？**美洲娛樂股份有限公司**和它的管理型敘事體驗生活產品的極限究竟在哪？**內容工廠**的規模能有多大？

「你帶我上來是為了看這個？」穆瑞說。

「不，」瑞克說：「我帶你上來是為了看那個。」

穆瑞低頭，看見他的兒子正要下車。

「他是來這裡看你的，」瑞克說：「他聽說你……」

「讓我猜猜，」穆瑞說：「癌症。」

「醫生說你還有六個月。不過接受現代醫學的治療之後，誰知道呢？說不定你能幸福快樂地度過餘生。或者至少過得夠快樂。」

「你們的醫生嗎？就在這裡？電視上的醫生？」

「他們是全世界最厲害的醫生。他們也有非常複雜的感情生活。」

「我根本沒有生病。」穆瑞說。

「你確定嗎？」

「你，你是在威脅我嗎？」

「不，不不，不不不。穆瑞，拜託。我又不是壞蛋。我也不是你的敵人。我只是來這裡，提供你選擇。」

穆瑞又低下頭，看見他的兒子，那個人看起來跟他兒子一模一樣。只是感覺不太對勁。

「等一下，」穆瑞說：「那真的是我兒子嗎？」

「看你如何定義真實，」瑞克說：「你確定你仍然是真實的穆瑞嗎？」

穆瑞根本不懂那是什麼意思，但他已經受不了這名

使自己心煩意亂的銷售員，現在對穆瑞來說，最正確的事——或許該說最不正確的事——又或許因為這是最不正確的事，所以才算最正確的事——也或許只因為感覺會很棒——總之，對於瑞克或是那個自稱「瑞克」的人，那個擺出得意嘴臉的人，他認為應該給對方一拳，於是穆瑞以單腳為重心，以他認為最佳的方式用盡全身之力，狠狠賞了瑞克那張真實的嘴一巴掌，打中他的肉、骨頭、牙齒，穆瑞很肯定這拳打得既紮實又真確，瑞克隨即倒地。

「哇塞。」瑞克躺在地上說，他一隻手搗著嘴，鮮血流到了他的牙齦和手指上。

「抱歉，」穆瑞被自己嚇到了。「我大概看了太多電視劇。」

「不不不，」瑞克說：「我很常遇到這種事。用這種方式結束你的故事很好。實際、果決、行動導向。」

「所以我本來就應該打你嗎？」穆瑞說，逐漸領悟了。「我逃不出我的弧線。」

瑞克點點頭，像一位驕傲的教師。「你不會永遠活著。當然，每個人都有自己的時間，但只要你留在這裡，生活就會充滿了戲劇性與意義，全都是好東西。」

瑞克一邊說，一邊指著下方穆瑞的兒子，或者該說像他「兒子」的人。「你也看得出來，你不會孤單。這才是重點，穆瑞。如果留在這裡，你就能結束一切。如果你離開，這個嘛，我可不知道你在外頭會發生什麼事。」

*我現在該怎麼做？*穆瑞心想，這時他才意識到自己真的頓悟了：他自由了。徹底自由。這是他**改變人生**的重大場景。他已經等了一輩子。不過即使他身處於這個場景中，即使他努力想要掌握，一切還是正從他手中溜走，它被一種名為頓悟的殼包裹，這個薄如蟬翼的殼，會在最細微的耳語中滑落、飄入空中，這種經驗的形式沒有實體，只是某個片刻的外殼。感覺很虛假。虛假的解決之道。**結束一切**。這就是瑞克提供的：一段有配樂的人生。人生是故事。故事是產品。*這真的是他期望中最好的結果嗎？就這樣嗎？*

閉嘴，穆瑞在心裡對自己說。*給我閉嘴，別再對自己敘事了。閉嘴閉嘴閉嘴閉嘴。閉嘴。*

一切隨即安靜下來。工廠消失了。瑞克消失了。音樂消失了。就連穆瑞的內心獨白也消失了。穆瑞後方，是他的背景故事，他的人生。他的前路無人知曉。可是他現在要如何繼續前進，畢竟他已經見識過那些事

情了？內部運作。設備裝置。現實的製造機制。他身為顧客的存在。在管理型生活體驗中付費的顧客。情況就是如此，而且也已經運行了一段時間了。唯一的差別是現在他知道了。穆瑞選擇了**布雷**™，卻不覺得滿足，或者該說多到他無法承受，也有可能兩者皆是，或兩者皆非。他的人生不是喜劇劇情片。當中沒有弧線。沒有集數，沒有下週繼續收看，沒有配樂，沒有快樂或悲傷的結局。他可能會、也可能不會罹癌。他可能有、也可能沒有在乎自己的人。他在這世上某處有個兒子，對方可能會、也可能不會每天想到穆瑞。其他就沒什麼了。穆瑞在自己故事的邊緣，心想這些並不足以構成一個故事，但也只能這樣了，內容一定要足夠，而且不知怎麼也真的夠了。夠了。

All of the Above All of
the Above All of the
Above All of the Above
All of the Above All of
the Above All of the
Above All of the Above
All of the Above All of
the Above All of the
Above All of the Above
All of the Above All of
the Above All of the
Above All of the Above
All of the Above All of

All
of the
Above

☑ 以上皆是

╲╲ 對 不 起 、 請 、 謝 謝 你

　　妳已經讀到這裡，所以來不及了。我是指對我而言。我不在了。這樣說很多餘，不是嗎？我到底在幹嘛——這張紙巾的空間就這麼多，我還在裡頭塞滿了詰問句？真是適合人生的隱喻——一個有限的空間，小到不可思議。沒辦法容納一輩子。不過我們一定得試試看。天哪，我真討厭。連我自己都覺得煩了。我知道，這種東西就是會讓我失控。所以妳才沒真正愛過我。有一顆子彈已經上膛，槍管插在腰帶裡，抵著皮膚的金屬觸感冰涼。一顆子彈，一張紙巾。我的最後一杯酒就放在紙巾上。尊美醇威士忌，冰塊。空間不夠了，所以我要開始講重點：

　　妳說我會克服的。

　　我應該跟妳打賭才對，畢竟，嘿，妳知道嗎，我的

內衣裡有一把裝了子彈的槍，所以這證明我才是對的。

我沒什麼好抱怨的。有幾年過得不錯。我的人生，概括來說：零歲到八歲，快樂，沒有理由；九歲到十九歲，因為錯誤的理由而快樂；二十歲到三十三歲，有充分不快樂的理由；三十四歲至今，不快樂，正在找理由。

抱歉，唉呀。我聽多了。人們會對彼此說，我對你發生的事感到抱歉[1]。那是什麼意思？我真希望事情並非如此。我能想像不會發生這種事的世界。但那並非抱歉的意思。抱歉的意思是：那發生在你身上。那發生在你身上，那可能是、也可能不是無法避免的事，但還是發生了，而有些事發生時，我們只能眼睜睜看著，然後說，真抱歉。就像一種循環。對你發生不好的事感到抱歉，意思是我很抱歉發生了不好的事，或者換句話說，不好的事已然發生。抱歉抵消了自己，所以可能只有這個意思：那件發生在你身上的事，我曉得這令人心痛，所以我要說抱歉這個詞，它對應著某個東西，是一種向量，一種傳播媒介及／或載力粒子[2]，能夠傳播或傳達悲傷，或是相關但不相同的抱歉狀態，這是人類之間一種神祕的超距作用[3]，可以讓一個人類將某種影響、某種效果，傳遞給分離至另一個時空的人類。抱歉的狀態。

我還能說什麼？希望我待人好一點。對不起、請、謝謝你、不客氣。這四個概念差不多涵蓋了人類所有的互動。當然，妳不是真的。妳是我希望能認識的女人。如果我認識妳，我就不會在這裡，也不會在這張紙巾上寫字。妳應該是要協助我抽離這件事的女人，幫助我克服失去。嗯，沒錯，有點令人生氣。像我這樣長相平凡無比的人，怎麼會到了四十一歲還如此寂寞呢？昨天是聖誕節。今年收到了一個禮物，是吉姆叔叔送的。那位鰥夫。一張卡片跟一張十美元紙鈔。他的收入固定，最多只能做到這樣，他盡力了。他住在安養機構中，房間中有股尿味。整天看著窗外。每年送的禮物都一樣。雖然我已經是成年人，但我是他唯一的侄子，他也是我唯一的親人。我會把錢留在吧檯當小費。卡片我要收著。抱歉，早日康復，恭喜。遲來的祝福。想妳。就只是因為這樣。基本問候、基礎問候，全都在那裡，就在藥妝店裡，在賀卡的架子上。要是妳說過就好了，要是妳還有機會這麼說就好了。要是有人能對我這麼說就好了。什麼都可以。無論妳是誰，我希望妳讀到這些時，可以假想有個人需要妳的愛，他一輩子都在安靜、耐心地等著，他有一些缺點，偶爾還非常令人厭煩，但他會盡力

把握妳願意給予的一丁點注意，只要妳肯暫時停下自己的快樂生活，稍微關注他。接著再想像這個人是真的，因為他很可能是。大概就這樣了。哈。我本來還擔心空間不夠，結果現在我已經無話可說了。真希望我知道什麼笑話，可以穿插在**這裡**。那張卡片用草寫體寫著**給我的侄子**。裡面沒有笑話。那種草寫字實在是令我心碎。真希望我能認識妳。真希望我不是妳假想中的人物。不過若妳正在讀這些，表示幾分鐘之前，我已經進了那間廁所扣下扳機。妳可能還聽到了聲音。對不起。不客氣。謝謝。還有請。請，請，請，請，請，請，請[4]。

致 謝

☑ **謝謝**，同時致上 +2d6 錢幣（可兌換一隻全雞）：

☐ 提摩西・歐康納（Timothy O'Connell）

☐ 約瑟芬・凱斯（Josefine Kals）

☐ 凱特・藍道（Kate Rundle）

☐ 亞歷山大・侯斯頓（Alexander Houstoun）

☐ 羅素・佩羅（Russell Perrault）

☐ 艾德華・卡斯特梅爾（Edward Kastenmeier）

☐ 丹・法蘭克（Dan Frank）

☐ 凱瑟琳・庫爾泰（Catherine Courtade）

☐ 凱薩琳・弗雷德拉（Kathleen Fridella）

☐ 艾提・卡爾波（Altie Karper）

☐ 彼得・曼德森（Peter Mendelsund）

☐ 在 Pantheon 與 Vintage ／ Anchor 出版社所有才華橫溢的人。很榮幸跟你們共事。

☑ **請** 接受我的 +100 點**感激**™（這是謝意的電子轉帳系統）：

□ 蓋瑞・海德（Gary Heidt）

□ 霍華・山德斯（Howard Sanders）

□ 傑森・里奇曼（Jason Richman）

□ 亞瑟・史佩特（Arthur Spector）

□ 艾咪・葛蕾絲・洛伊德（Amy Grace Loyd）

□ 約翰・約瑟夫・亞當斯（John Joseph Adams）

□ 安・范德米爾（Ann VanderMeer）

□ 傑夫・范德米爾（Jeff VanderMeer）

□ 里奇・霍頓（Rich Horton）

□ 卡蘿・安・費茲傑羅（Carol Ann Fitzgerald）

□ 馬克・史密諾夫（Marc Smirnoff）

□ 強納森・劉（Jonathan Liu）

□ 瑪莉安・萊特納（Marian Leitner）

□ 安娜李・紐威茲（Annalee Newitz）

□ 查莉・珍・安德斯（Charlie Jane Anders）

□ 湯姆・奇亞瑞拉（Tom Chiarella）

☑ **對不起** 也沒有更常說：謝謝。請明白你們已給予了我多少。

□ 貝蒂・游（Betty Yu）

□ 金・游（Jin Yu）

□凱文・游（Kelvin Yu）

□狄倫（Dylan）□蘇菲亞（Sophia）

□蜜雪兒（Michelle）

全 書 注 釋

標準寂寞套裝

1 合理推諉（plausible deniability）為美國中央情報局（CIA）於1960年代創造的詞彙，源於中情局向高級官員隱瞞資訊，現多指上級對下屬否認自己的過失與責任。

2 此處為雙關，原文「upper bound」為數學專有名詞，作者在此處應是刻意讓蘇尼爾使用專業用語。

3 此處為雙關，原文「lower bound」亦為數學專有名詞。

第一人稱射擊遊戲

1 第一人稱射擊遊戲（first-person shooter）為一種3D遊戲類型，遊戲畫面為主角的視野，也能看見主角雙手拿取的物品。

2 龐帝克太陽鳥（Pontiac Sunbird）為龐帝克在1976年至1994年生產的一種車款。

3 黑色安息日（Black Sabbath）為成立於1968年的英國重金屬搖滾樂團，歌詞常包含科幻、社會動盪、環境汙染、政治腐敗、資本主義的壓榨、藥物濫用等主題。

4《死亡之屋》（House of the Dead）為日本世嘉遊戲公司於1997年推出的一系列第一人稱視角恐怖遊戲，遊戲中有特工團隊射殺成群殭屍的劇情。

英雄受到嚴重傷害

1 遊戲用語，d指dice，2d6意為「擲兩個六面的骰子」，得到的攻擊數值會介於2至12之間。

2 豁免檢定（saving throw）在角色扮演遊戲（RPG）與戰爭遊戲中，常用於表示角

色避免（或抵抗）威脅的能力，如躲避陷阱或是降低毒藥的影響。

給初學者的人類指南

1遺傳因子池（pool of genetic）又稱基因庫或基因池，指同一種群中全部個體所含有的全部基因集合，例如黑人、白人、黃種人共享人類的遺傳因子池，而人類、黑猩猩、獼猴共享靈長類的遺傳因子池。

盤點

1電車難題（philosophical train tracks）是一種思想實驗，通常以這樣的場景開始：一輛失控的火車即將撞上軌道上的人，但司機或旁觀者可以干預或轉移車輛，選擇要拯救火車上的全體乘客還是軌道上的人

2碰撞測試機構（crash test dummy）是一種擬人測試裝置，用於模擬發生車禍時的人體尺寸與重量比例。

3 Charles Yu，游朝凱的英文名，作者此處使用自己的名字。

4負空間（negative space）指主圖像周圍的空白空間，當這片空白形成有趣的形狀時，負空間的存在將會被突顯出來，達到特殊的藝術效果。

5奈克方塊（Necker cube）是一個從等大、透視角度繪製成的立方體，由十二條線組成，圖中的平行線不論遠近皆為等長，因此對於立方體的放置位置及觀看角度會產生模稜兩可的詮釋。

6艾雪（Escher ，1898年～ 1972年），荷蘭著名版畫藝術家，作品中常見幾何的概念，擅長錯視藝術。

7歐幾里得平面（Euclidean plane）是一種基於點、線、面的假設，指平面和三維空間中常見的幾何。

8膜（brane）與弦（string）乃指宇宙學中的膜宇宙與弦宇宙：膜宇宙學的中心思想，是認為四維的宇宙是被嵌在一個高維空間裡面的膜；弦宇宙學則是相對較新的領域，主要嘗試以方程式解決早期宇宙複雜的問題。

9出自同名著作《三十秒鐘的宇宙：總結該領域的五十個重要的想法、理論、原則

和事件》（*30-Second Universe: 50 most significant ideas, theories, principles and events that sum up the field*），本書簡潔地解釋了一些天體物理學的答案，書名源於只需三十秒即可讀完書中的一個條目。

10 最大熵宇宙（maximal entropy universe），又稱熱寂宇宙（heat death of the universe）。熵是一種測量在動力學方面不能作功的能量總數，熵的量度正是能量退化的指標。又根據熱力學第二定律，作為一個「孤立」的系統，宇宙的熵會隨著時間的流逝而增加，由有序向無序，故當宇宙達到最大熵時，宇宙中的其他有效能量已經全數轉化為熱能，所有物質溫度達到熱平衡，此時再也沒有任何可以繼續運動或是維持生命的能量存在，這種狀態即為「熱寂」。

11 人們可以明確指出事件發生的先後順序，意指時間存在著明顯的方向性，時間之箭（arrow-of-time）即用於描述這種不對稱現象。

打開

1 鏡框式舞台（proscenium）泛指一種在觀眾席與舞台台口建有拱形結構、將觀眾區與表演分隔的封閉舞台，名稱源於狀似鏡框的台口。

2 原文使用引號" "，狀似翅膀。

給自己的字條

1 第一原理（First principles）或稱作第一性原理，指一個最基本的命題或假設，不得被省略、刪除，或違反。

衛士

1 原文「Yeoman」一詞約起源於十三世紀的英國，根據不同的時代背景，可譯為「義勇騎兵」或「衛士」，而本篇主角的工作更接近於「衛士」。

2 專業應急兵（Coping Specialist）為作者虛構之軍職，設定參考現實中的美國太空軍軍階，「Specialist」指士兵，「Coping」指遇險時的因應或應對。

3丹佛蛋捲（Denver omelet）也稱西式蛋捲，一種美國搭配火腿、洋蔥、甜椒與起司的蛋捲。

4宇宙背景輻射（cosmic background radiation）是一種充塞在可觀測宇宙中的微波輻射。

5原文「chubbs」在俚語中有勃起的意思，作者在此有雙關語意。

訂製情緒六十七號

1文中沒有明說四象限分別為何，可參考商業上的財富四象限「ESBI」，分別由員工（Employee）、接案SOHO族（Self-Employed）、企業家（Business Owner）和投資者（Investor）組成，探討每個財務象限的工作型態以及收入模式。

2聯邦巡迴法庭（Federal Circuit）為美國華盛頓州的聯邦上訴法院，合併了聯邦關稅及專利上訴法院，以及美國索賠法院中的上訴部門。

3心占率（mindshare）指在特定市場中，顧客對於品牌的認知度與印象強度，能更細緻地理解市場情勢。

4原文為DREAD，即Division of Research and Engineering on consolidated Anxieties and Despair的字首縮寫，「dread」這個字本身也是恐懼的意思。

5貝爾實驗室（Bell Labs）為美國重要科技研究機構，總部位於紐澤西州聯合郡的莫瑞山，最初是貝爾系統內從事包括電話交換機、電話電纜、半導體等電信相關技術的研究開發機構，後來陸續轉向研發無線電天文學、電晶體、雷射、C語言等。

6作者在此創造了一個單字pharmaconarrative，字源兼有藥物（pharmaco）與敘述（narrative），或是pharma（製藥產業）與co（和）等多重涵意。

類別之書

1原文為(apocrypha)-chemical-thermo-ephemeral，內文縮寫為(A)CTE。

2布朗運動（Brownian motion）指微粒或者顆粒在流體中的不規則運動，由英國植物學家羅伯特‧布朗（Robert Brown，1773年～1858年）於1827年提出，研究源於其以顯微鏡觀察到懸浮於水中的花粉會呈現不規則狀的運動，此理論又因愛因斯坦

於1905年提出相關論文而聲名大噪。

成人當代

1 成人當代（Adult Contemporary）是一種流行於1960與1970年代的軟搖滾樂，旋律精緻優美，強調和聲，極適合作為背景音樂。

2 分時度假（Timeshare）指一個人在每年的特定時期對某個度假資產所擁有的使用權，顧客可以分享某個度假資產的不同時段。概念最早來自於1960年代的歐洲，一個阿爾卑斯山上的滑雪場開發商鼓勵客戶從「租一間旅館」變成「買一間旅館」，分時度假的概念由此風行全球。

3 社會安全碼（Social Security number）是美國聯邦政府發給本國公民、永久居民、臨時（工作）居民的一組九位數字號碼，主要目的是為了追蹤個人的納稅資料，但近年來已經成為實際上的身分證。

4 英雄車（hero car）又稱原型車，指作為車款生產範本的車輛。英雄車通常會被更仔細組裝，可能擁有更好的上漆工藝、更乾淨的內部或可以在鏡頭上展示的閃亮引擎模組，常出現於廣告或是電影中。

對不起、請、謝謝你

1 原文為「I'm sorry for your loss」，此處的sorry是要呼應篇名（同時也是本書的書名），但為了本篇文意，本段落皆譯為「抱歉」。

2 載力粒子（force-carrying particle）指一種擁有基本作用力（fundamental interaction，物質間最基本的交互作用）、也參與粒子交互作用的粒子，例如能夠傳遞電磁力的光子。

3 超距作用（action-at-a-distance）指兩個處於不相鄰區域的物體彼此間的交互作用，常出現在量子糾纏的討論中。

4 原文此處為一連串的please，英文中亦有「拜託」之意，為了對應書名，此處皆譯為「請」。

國家圖書館出版品預行編目 (CIP) 資料

對不起、請、謝謝你 / 游朝凱 (Charles Yu) 著；彭臨桂譯 . -- 新北市：遠足文化事業股份有限公司潮浪
文化出版：遠足文化事業股份有限公司發行 , 2025.01
　　面；　公分 . -- (潮浪小說館；3)
譯自：Sorry please thank you
ISBN 978-626-9913-63-3(平裝)

874.57　　　　113017870

潮浪小說館 003

對不起、請、謝謝你
Sorry Please Thank You

作者	游朝凱（Charles Yu）
譯者	彭臨桂
責任編輯	簡敬容
校對	簡敬容、楊雅惠
封面設計	之一設計／鄭婷之
視覺構成	水青子
行銷企劃	許騰云
總 編 輯	楊雅惠
出版	遠足文化事業股份有限公司 潮浪文化
發行	遠足文化事業股份有限公司 （讀書共和國出版集團）
電子信箱	wavesbooks.service@gmail.com
粉 絲 團	www.facebook.com/wavesbooks
地址	23141 新北市新店區民權路 108-3 號 3 樓
電話	02-22181417
傳真	02-86672166
法律顧問	華洋法律事務所 蘇文生律師
印刷	中原造像股份有限公司
出版日期	2025 年 1 月
定價	430 元
ISBN	978-626-9913-63-3 (平裝)、9786269913657(PDF)、9786269913640(EPUB)

潮浪文化社群平台